KB078058

미라클 테이머 1

인기영 장편소설

초판 1쇄 찍은 날 § 2016년 7월 6일
초판 1쇄 펴낸 날 § 2016년 7월 13일

지은이 § 인기영
펴낸이 § 서경석

편집책임 § 이창진

펴낸곳 § 도서출판 청어람
등록번호 § 제387-1999-000006호
등록일자 § 1999. 5. 31
어람번호 § 제1-2476호

주소 § 경기도 부천시 원미구 부일로 483번길 40 서경B/D 3F (우) 14640
전화 § 032-656-4452 팩스 § 032-656-4453
http://www.chungeoram.com
E-mail § chungeorambook@daum.net

ⓒ 인기영, 2016

ISBN 979-11-04-90883-5 04810
ISBN 979-11-04-90882-8 (세트)

미러클
테이머

인기영 장편소설

FUSION FANTASTIC STORY

MIRACLE TAMER

1

도서출판 청어람

미라클 테이머

MIRACLE TAMER

CONTENTS

Prologue

　지구의 사람들은 몬스터에 대해 상당히 오해하고 있다.

　그에 대해 반박하자면,

　첫째로 몬스터들의 수는 그들이 아는 것보다 훨씬 많다.

　그들이 여태껏 보아온 몬스터의 종류는 전체 몬스터에 비하면 새 발의 피다.

　둘째로 몬스터들은 주로 같은 종을 잡아먹는다. 다른 종들보나 오히려 같은 종족들을 너 많이 잡아먹는다. 왜? 같은 종을 잡아먹어야 빠른 성장이 가능하고, 성장도가 백 퍼센트에 달하면 더욱 센 종(種)으로 업그레이드되기 때문이다.

　다른 종족을 잡아먹어도 성장도는 올라가지만 속도가 더

디다.

종족 보존의 문제는 없다.

모든 몬스터들에겐 그들을 통제하고 관리하는 몬스터 퀸이 존재하고 몬스터 퀸은 항상 똑같은 개체수를 유지하기 위해 줄어든 몬스터의 머릿수만큼 출산을 한다.

물론 몬스터 퀸 역시 영생을 누리는 건 아니다. 그들도 정해진 수명이 있다. 하지만 천수를 누리기 전에 인간에게 사냥을 당한다거나, 다른 몬스터들과의 싸움에 져서 죽임을 당하는 경우도 있다.

그럴 경우 차기 몬스터 퀸의 후보로 낙점되었던 몬스터가 그 자리를 이어받아 종족을 꾸려 나가게 된다.

이런 식으로 몬스터들은 종족의 멸종을 막으며 열심히 후손을 보존해 나가고 있었다.

셋째로 몬스터들은 길들여질 수 없고 오로지 지배의 형태로 다스릴 수 있다고 하지만 길들이는 게 가능하다.

물론 아무나 몬스터를 길들일 수 있는 건 아니다.

하지만 나는 길들일 수 있다.

난 에스테리앙 대륙의 몇 안 되는 테이머이자, 모든 테이머들의 머리 위에 군림하는 테이머 마스터 아르넬로 드 에스페란자 루.

본래는 아르넬로 드 에스페란자에서 끝냈어야 했는데, 내 성을 꼭 넣고 싶어서 어거지를 피워 이런 이름이 되었다.

아무리 이 세상에서 제2의 인생을 살고 있다 해도 내 고향을 잊을 수가 없거든.

지금 생각해 보면 애증만 가득하지만, 그래서 꼭 한 번 더 살아보고 싶은 땅.

지구.

그곳에서의 내 이름은 루아진이었다.

물론 이름보다는 죽을 만큼 듣기 싫은 별명으로 더 많이 불렸었지만.

에스테리앙 대륙에서 살게 된 지도 10년.

"아, 한국 가고 싶다. 아빠도 보고 싶고."

정원에 자욱이 깔린 시체와 이글거리며 타오르는 거대한 저택을 보며 나는 중얼거렸다.

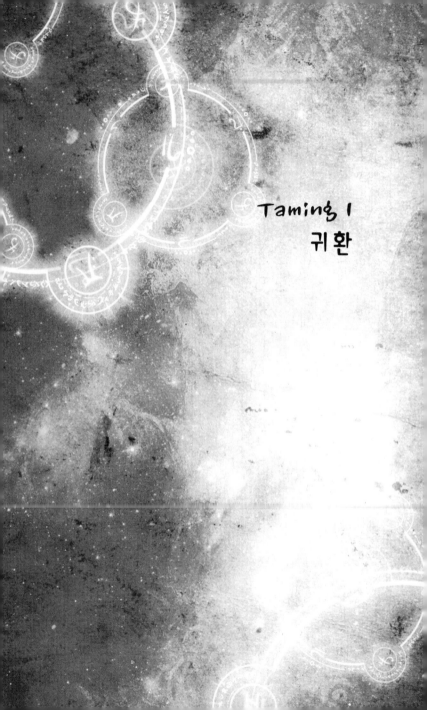

Taming 1
귀환

10년.

강산이 변한다는 시간이다.

내게는 최근의 10년이 격동의 세월이었다.

에스테리앙 대륙으로 넘어온 뒤, 처음 1년은 그저 살아남기 위한 몸부림으로 가득 찼었다. 상한 음식을 먹어 패혈증으로 죽을 뻔하고, 무전취식을 했다가 맞아 죽을 뻔하고, 찬바람 맞으며 잤다가 저체온증으로 죽을 뻔했다.

집도 절도 없는 데다 연고까지 없으니 하루하루 살아남은 게 그저 기적인 그런 나날이었다.

하지만 마냥 죽으라는 법은 없는지, 우연히 마주친 현자 바르반 드 에스페란자 백작을 만나 에스페란자 가문에 입양되었다.

현자 바르반에게는 자식이 없었는데 유난히 검은 머리에 검은 눈동자까지 가진 특이한 외모의 고아가 마음에 들었던 모양이다.

나중에 안 사실이지만, 바르반은 평생을 통틀어 유일하게 사랑했던 여인이 있었다고 했다. 그는 그녀와 평생 가약을 맺었고, 행복한 하루하루가 시작되는 듯했으나 그로부터 얼마 후 여인은 지병으로 세상을 떠났다.

슬하에 자식 한 명 남겨두지 않고서.

이후 바르반은 자신의 인생에 영원한 반려자는 떠났고, 두 번 다시 오지 않을 것이라 선포한 뒤, 쓸쓸히 고독한 생을 홀로 걸어왔다.

그러다 나를 만나게 된 것이다.

바르반은 내게 많은 것을 가르쳐 주었다.

에스테리앙 대륙 공용어부터 시작해서 귀족의 예법, 사교술, 교양 지식, 검술, 궁술, 승마술, 마법 지식, 대륙의 역사, 그리고 깔끔하게 청소를 하는 법과 요리에 대한 것까지.

과연 다양한 방면에 두루두루 모르는 게 없을 정도니 현자라는 칭호가 이름 앞에 붙기에 충분했다.

그렇게 다시 1년이 지난 어느 따스한 봄날.

저택의 정원에서 다즐링 밀크 티를 즐기는 내게 그녀가 나타났다.

아르마 베아트리체.

에스테리앙 대륙에서 처음으로 보게 된 몬스터 테이머이자 바르반에게서 철학을 배우다 떠나간 여러 제자 중 한 명.

이름을 부르는 것만으로 몬스터를 소환해 내고 수십의 몬스터를 자기 마음대로 부리던 그 모습은 머릿속에서 도저히 잊히지 않았다.

아르마와 마주한 이후 나는 테이머라는 직업에 대해 지대한 관심을 갖게 되었고, 이를 알게 된 바르반은 아르마를 나의 선생으로 붙여주었다.

그렇게 다시 3년이 지난 후, 나는 테이밍 능력을 각성했으며 선생이었던 여인을 연인으로 만드는 행운까지 얻게 되었다.

벽안에 허리까지 내려오는 부드러운 금발, 아름답다는 말로도 부족한 외모와 흠잡을 곳 하나 없는 몸매에 순수하고 착한 성품까지.

무엇 하나 부족한 것 없는 이 여인이 내 여자란 것이 가슴 벅찰 정도로 뿌듯했다.

하루하루가 행복하고 즐거웠다.

그런 시간이 오래도록 계속되길 바랐다.

하지만 현실은 늘 동화 속 이야기처럼 해피엔딩으로 끝나지 않는다.

한창 내 사랑이 무르익어 가던 어느 초가을의 새벽.

오싹한 한기에 눈을 떴을 땐, 내 왼쪽 가슴에 단검이 박혀 있었다.

그리고 영원한 사랑을 맹세했던 그녀, 항상 내 편일 것이라 생각했던 그녀, 아르마가 한 번도 본 적 없는 차가운 시선을 내게 던지며 조소를 머금고 서 있었다.

"아르마… 왜……."

물음에 답하는 대신 그녀는 내 가슴에 꽂힌 단검을 뽑아 복부에 찔러 넣었다.

"아악……!"

불에 덴 듯 화끈한 고통은 이렇게나 생생한데 그 외에 다른 것들은 전부 현실감이 없었다.

꿀럭이며 가슴에서 쏟아지는 피도, 그런 날 아무 감정 없이 바라보는 아르마도.

그날따라 유난히 아름다운 달빛이 창 너머로 쏟아지고 있었다. 이 모든 게 달빛의 장난인 건 아닐까.

"도련님!"

콰앙!

흐려진 의식 속에서 내 귀에 들려온 건 호위 기사 베르데의 고함과 문이 뜯겨 나가는 굉음이었다.

그리고 눈을 감기 전 마지막으로 본 것은 아르마의 주변으로 소환되는 수십 마리의 몬스터였다.

의식을 잃고 다시 정신을 차렸을 땐 어딘지 모를 숲속이었다.

내 옆엔 베르데가 실낱같은 숨만 겨우 붙어서 엉망이 된 상태로 누워 있었다.

베르데는 내게 꼭 살아남으라는 한마디를 남기고서 명운을 달리했다.

그의 바람대로 나는 살아남았다.

가슴과 복부의 상처는 깊은 상흔을 남긴 채 아물어 있었고, 주변엔 비어버린 포션 두 병이 굴러다녔다.

베르데가 마셨을 수도 있었다. 하지만 그는 나를 살리고 자신은 죽음으로 가는 길을 택했다.

에스페란자 가문 최고의 호위 기사 베르데가 이 지경이 되었다는 건… 가문이 몰락했다는 뜻이다.

내가 몸담고 살아갈 보금자리가 사라져 버렸다.

이상한 것도, 이상할 것도 없던 지극히 평화로운 일상이 하룻밤 사이 날아간 것이다.

혼란스러웠다.

왜 이렇게 된 건지, 아르마는 무엇 때문에 우리 가문을 파괴하고 내 심상에 갈을 씰러 넣은 것인지.

정신이 없었지만 확실한 사실은 난 누군가의 희생으로 살아난 목숨이라는 것이다.

그렇다면 이 목숨을 함부로 낭비할 순 없었다.

그날 이후부터 난 세상 속에 존재를 숨기고 4년 동안 떠돌이 생활을 하며 테이머의 역량을 키워 나갔다.

다행스럽게도 내겐 테이머로서 천부적인 재능이 있었고 단기간에 빠른 성장을 했다.

그러는 사이 가문에 대한 소식도 간간이 귀에 들려왔다.

대부분이 에스페란자 가문은 완전히 사라졌고 대신 베아트리체 가문이 신흥 귀족으로 자리해 에스페란자 가문에서 다스리던 영토의 반을 물려받았다는 이 갈리는 얘기들이었다.

왜 그랬는지 모르겠으나 아르마는 에스페란자 가문을 역적으로 몰았다.

나와 연인이 된 것을 핑계로 에스페란자 가문에 머물던 그녀였으니 이곳저곳에 역적으로 몰릴 만한 증거나 흔적들을 만들어놓는 건 쉬웠을 터였다.

난 그녀에게 묻고 싶은 게 많았다.

하지만 아직 내가 그녀를 제압할 수 있을 만큼 성장한 것인지 가늠할 길이 없었다.

확신이 없으니 할 수 있는 일이라고는 계속해서 테이머로서의 실력을 쌓아가는 것이 전부였다.

그러다 우연히 그를 만나게 되었다.

대륙 최강의 테이머로서 테이머 마스터라 불리는 로젠타 아가레스를.

소문으로는 그에 대한 이야기를 수도 없이 들어온 터였다.

하지만 직접 얼굴을 보는 건 그때가 처음이었다.

재미있게도 내가 그와 마주친 건 우연이 아니었다. 나는 우연인 줄 알았으나 그가 날 찾아온 것이었다.

로젠타는 대뜸 내게 물었다.

"소문에 네가 마리안 싱을 칠성까지 성장시켰다는데, 그게 사실이냐?"

초면에 얻다 대고 반말이냐며 욕을 퍼부어줄까 하다가 그저 고개만 끄덕였다. 중절모를 푹 눌러쓰고 있을 때는 목소리가 너무 젊어 몰랐는데, 그 아래로 드러난 얼굴에 주름이 가득했다.

"그게 사실인지 확인해 봐야겠다."

말을 하며 로젠타는 마리안 싱을 소환했다.

마리안 싱은 에스테리앙 대륙의 테이머들이 테이밍할 수 있는 최상급 몬스터 중 하나로서, 아나콘다의 하반신에 인간의 상체를 가진 것이 꼭 나가와 비슷한 모습을 했으나, 덩치가 그보다 세 배는 더 컸고, 얼굴이 상당히 미남형이었다.

무엇보다 팔이 여덟 개인 나가와 달리 마리안 싱은 팔이 두 개밖에 없었고, 정령의 힘을 다룰 줄 알았다.

그러나 모든 마리안 싱이 정령을 다룰 수 있는 건 아니다.

1성인 마리안 싱은 그저 힘세고 맷집 좋은 괴물이다. 2성으로 성장한 이후라야 비로소 바람의 정령과 계약을 맺는다. 3성이 되면 불의 정령과 계약을 맺고 5성에선 물의 정령, 7성에서는 땅의 정령과 계약을 맺는 것으로 완벽한 성장을 이룬다.

내가 테이밍한 마리안 싱은 7성이었다.

하지만 난 7성 마리안 싱이 가장 테이밍 난도가 높은 녀석이라는 걸 로젠타와 만나고 나서 알게 되었다.

로젠타가 소환한 마리안 싱은 6성이었다. 그는 내가 소환한 7성 마리안 싱을 보고서 그보다 더 치욕적일 수 없다는 표정을 짓더니 갑작스레 공격 명령을 내렸다.

가만히 앉아서 당해줄 수는 없었기에 나 역시 몬스터들을 더 소환해 그의 공격을 받아쳤다.

결과는?

놀랍게도 내가 그를 완벽하게 제압했다.

전투에서 패배한 로젠타는 깊은 한숨과 함께 이런 말을 남기고 떠나갔다.

"졌다. 네가 최고다. 하지만 자만하지 마라. 조만간 다시 테이머 마스터의 칭호를 되찾으러 올 테니."

반강제적으로 테이머 마스터의 칭호를 갖게 되고 난 뒤, 나는 알았다.

절대로 내가 아르마보다 약할 수 없다는 걸.

더 이상 망설일 필요도, 그럴 이유도 존재치 않았다.

난 몬스터 군단을 이끌고 베아드리제 가문을 습격했다.

외부의 침입자를 절대 허락지 않겠다는 듯 높게 솟구친 성채의 외벽은 온순하지만 태산처럼 거대한 덩치를 가진 몬스터 듀라란의 구르기 한 방으로 무너져 내렸다.

소리 소문 없이 시작된 습격인지라 기사들의 대처는 늦었다.

나 홀로 유령처럼 다가와 갑자기 몬스터 군단을 소환시켜 쳐들어갔으니 이걸 알고 습격에 대비한다는 게 더 신기한 노릇일 것이다.

몬스터 군단을 앞세워 정원에 들이닥칠 때까지도 기사와 병사들은 전열을 제대로 갖추지 못한 채 우왕좌왕 정신을 못 차렸다.

허를 찔리면 일시적으로 사고 체계가 붕괴되어 버린다. '지금 이런 일이 일어나면 안 되는데?'라는 의문이 머릿속에 가득 차 다른 생각을 끌어오는 데 딜레이가 생긴다.

그동안 몬스터 군단은 일시적 오합지졸이 된 기사와 병사를 짓밟고 저택을 무너뜨렸다.

한 시간이 채 지나기도 전, 원군이 도착하기에도 한참 부족한 시간에 전쟁은 끝났고, 저택에 살아남은 이라고는 아르마 한 명밖에 없었다.

그녀는 자신의 모든 것이 무너진 처참한 지옥 속에서도 울지 않았다.

그저 조소 가득 섞인 비릿한 미소를 머금을 뿐이었다.

드디어 난 묻고 싶은 것을 물었다.

"왜 그랬어, 아르마."

과연 이렇게 묻는다고 그녀가 솔직하게 대답해 줄까? 라는 의문이 앞섰다. 하지만 예상외로 그녀는 모든 사실을 담담하게 쏟아냈다.

"강간당했거든. 아직 못다 핀 꽃봉오리였던 그 어린 나이에. 열세 살 때부터. 바르반한테 수시로 말이야. 내 사랑 아르넬로, 너는 모를 거야. 그게 어떤 기분인지. 현자라는 가면을 쓴 늙은 괴물에게 밤마다 유린당하고 잡아먹히는 게 얼마나 비참한지. 나와 숱한 밤을 함께했으면서 왜 한 번도 묻지 않았어? 어떻게 그리 능숙한지, 왜 피가 나지 않았는지, 어쩌면 아프다는 얘기 한 번 없이 그저 좋다고만 하는지. 난 당신이 첫 남자라고 했었는데 말야."

그런 거 알 턱이 없었다.

나도 그녀가 첫 여자였으니 다 그런 줄로만 알았다.

"은근히 당신이 알아주길 바랐어. 눈치채 주기를 바랐어. 하지만 당신은 그저 곰같이 바르반을 따랐지. 미안, 불똥이 이상한 곳으로 튀었네. 내가 강간당했다고 했지? 거기서 끝났으면 참 다행이었을 텐데. 이런 복수극까지 꾸미진 않았을 거야. 그 늙은 괴물은 밤마다 제자인 날 찾아와 사랑한다며 강간했어. 하지만 꼬리가 길면 잡히는 법. 유난히 달이 밝던 그날 밤도 강제로 제 살을 내 안에 욱여넣다가 그 광경을 그의 아내에게 들키고 말았지. 재밌지? 현자라는 인간이 그토록 사랑한다 떠들어대던 아내를 버리고 열세 살짜리 제자를 잡아먹다 걸렸으니. 그 사실이 세상에 알려지면 어떻게 되겠어? 바르반은 아내의 입을 막아야 했어. 그래서 어떻게 했게?"

내가 생각하는 답이 틀리기를 바랐다.

하지만 그런 바람은 여지없이 빗나갔다.

"죽였어. 머리채를 잡고 다리를 걸어 넘어뜨린 뒤 목을 찔렀어. 그러고선 내게 칼을 건넸어. 내가 공범이 되어야 무사할 테니 어린 내게 살인을 강요한 거야. 그것도… 평소에 날 그렇게 예뻐해 주던 부인을 상대로. 죽이지 않으면 내가 죽을 판국이었으니 어쩌겠어? 가슴을 찔렀지. 근데 뼈에 막혀서 잘 들어가지도 않더라고. 바르반이 내 손 위에 자기 손을 덮어 힘껏 찌르니까 드드득 하는 울림과 함께 칼이 푹 들어갔어. 아직도 그때의 감각이 잊히질 않아, 아르넬로."

결국 현자 바르반이 사랑했던 아내는 병을 얻어 죽은 것이 아니라 그가 살해했던 것이다.

그래놓고서 그는 평생 사랑하던 이를 잃었으니 다른 여인을 들이지 않고 홀로 살겠다 공표하여 사람들이 더욱 우러러보게 만들었다.

지고지순한 사랑의 대명사, 순결한 사랑의 표본, 현자 바르반은 제자를 강간하고 아내를 죽인 쓰레기였다.

"그날로 저택을 떠났어. 그리고 거지같이 하루하루 겨우 삶을 연명했지. 밤만 되면 아랫도리가 빠질 듯 아팠어. 눈을 감으면 돌아가신 부인의 마지막 얼굴이 떠올라 잠도 제대로 들 수 없었어. 그래도 악착같이 살아남아 힘을 길렀어. 난 복수하고 싶었으니까."

어떻게든 비루한 삶을 연명한 아르마는 우연히 테이머로서의 능력을 각성해 힘을 키웠고 팔 년 전, 바르반을 죽일 생각으로 다시 돌아왔던 것이다.

하지만 바르반이 양자로 데리고 있는 날 보고서 생각이 바뀌었다.

단순히 바르반을 죽이는 것은 싱거웠다. 바르반이 사랑하는 나를 그녀의 것으로 만들고, 같은 저택에 살며 늘 바르반이 불안해하는 모습을 즐기고 싶었다.

그렇게 유흥을 즐긴 뒤의 끝은⋯ 내가 겪었던 그 지옥 같은 밤이 대신 말해준다.

아르마는 바르반과 관계된 모든 것을 죽여 없애고, 에스페란자 가문을 반역의 피로 물들였다.

한데 그 안에서 유감스럽게도 내가 살아남았고, 또 다른 복수를 위해서 이렇게 돌아왔다.

그러나 모든 사실을 털어놓은 아르마에게 나는 선뜻 단죄의 칼날을 내려치기가 힘들었다.

내가 믿었던 모든 세상이 무너져 내렸다.

헌지 비르반은 듣도 없는 사기꾼에 쓰레기였고, 내 사랑이라 믿었던 아르마는 처음부터 날 이용할 생각으로 다가온 복수의 화신이었다.

지구에서 살았던 18년 인생이 지긋지긋해, 바르반을 만난이후 걸어온 이곳에서의 삶이 더 가치 있다고 생각했는데, 지금은 아니었다.

차라리 지구에서 살아가는 게 몇 곱절은 속 편하겠다.

"어서 죽여. 내 사랑, 아르넬로. 네가 선사하는 죽음이라면나… 받아들일 수 있어. 넌 그럴 자격이 있으니까."

고민했다.

아주 짧은 시간 동안.

재미있게도 머리는 계속 고민을 하고 있는데 내 본능은 몬스터들을 시켜 그녀의 심장을 물어뜯게 만들었다.

아르마는 사신의 날이 영혼을 베는 그 순간에도 기묘한 미소를 머금고 있었다.

몸에서 떨어져 피를 뿌리며 바닥에 굴러다니는 그녀의 머리가 이상하게도 현실감이 없었다.

*　　　　*　　　　*

정원엔 죽어나간 시체로 가득했고, 저택은 불타고 있었다.

"아, 한국 가고 싶다. 아빠도 보고 싶고."

이제는 이 대륙에서 살아가는 것 자체가 지긋지긋했다.

무슨 생각인지 모르겠지만 난 시체 더미 위에 그냥 드러누웠다.

피곤했던 것인지 수마가 빠르게 밀려왔다.

의식이 현실과 꿈의 경계에서 줄타기를 하고 있을 때, 환청인지 모를 음성이 귓전에 맴돌았다.

[다시… 보내줄까?]

이 목소리는… 아르마? 그런데 다시 보내준다니, 어딜?

[네가 그리워하는 곳. 그곳으로.]

보내준다면… 그렇게만 해준다면 고맙지.

아빠는 내가 자살한 줄 알 텐데.

두 번 다시 그런 멍청한 선택 같은 건 하지 않고 제대로 살아보고 싶거든.

그런데 네가 무슨 수로? 넌 죽었잖아. 목이 잘려서. 네 시체는 몬스터들한테 짓이겨져 흔적도 없어졌어. 그냥 다진 고깃덩이가 됐다고.

그런 네가 무슨 수로?

[죽었으니까 할 수 있는 일들도 있거든, 내 사랑. 종종 잠꼬대했던 거 알아? 지구로 돌아가고 싶다고. 살아생전엔 그게 무슨 말인지 모르겠지만 지금은 알겠어. 육신 따위 애초에 벗어버리면 이렇게 홀가분한 것을. 아르넬로. 아니, 루아진. 내 영혼을 태워 없애는 대가로 당신을 원래 살던 곳으로 보내줄

수 있대.]

누가?

[말해줘도 모를 거야. 그 이상은 죽은 사람들의 영역이니까. 선물 준다고 할 때 그냥 받아 가.]

하지만 그럼 너는…….

[내 걱정은 하지 마. 아르넬로의 소중한 인생 한 시기를 말아먹은 부정한 여자라 스스로 속죄할 방법이 필요했어. 안 그러면 죽어서도 편치 못할 테니 차라리 이편이 나아.]

진심이구나, 너.

[자기한테 부작용이 있을 수도 있다고 해. 그게 뭔지는 모르겠지만, 목숨이 위험한 것도, 불구가 되는 것도 아니라니까 안심해도 될 거야. 자기, 내 가슴 만지면 아이처럼 잘 잤잖아.]

갑자기 따스한 빛과 함께 아르마가 내 앞에 나타났다.

실오라기 하나 걸치지 않은 살아생전의 아름다운 모습 그대로.

그녀는 내 얼굴을 봉긋한 언덕에 파묻고서 머리를 쓰다듬으며 달콤하게 속삭였다.

[잘 자. 좋은 꿈 꾸고.]

…나 조금 전에 네 목 잘랐는데.

어차피 개꿈이겠지만, 그래도 고마워.

*　　　　*　　　　*

202X년.

세계는 절대적 불가침 조약의 협약 아래 자국의 피해를 복구 하는 데만 급급했다.

사실 이 절대적 불가침 조약이라는 것은 선진국들의 허울 좋은 핑계에 불과했다. 불가침 조약이란 무력 침공을 해서는 안 된다는 약속이며, 그 앞에 '절대적'이라는 부사가 무슨 일이 있어도 각 국가 간에 무력 침공이 있어서는 안 됨을 의미한다.

한데 선진국들은 불가침의 의미를 그 이상으로 상향해 타국의 영토 자체에 발을 들여놓으면 안 된다고 정의했다.

즉 각 국가 간의 교류 자체를 끊어버리자는 얘기가 되는 것이다.

이는 모두 몇 년 전 지구에 일어난 디멘션 임팩트(Dimension Impact) 때문이었다.

아직도 인류는 디멘션 임팩트의 원인이 무엇인지 밝히지 못하고 있다. 아니, 그런 걸 밝힐 여유 자체가 없었다. 디멘션 임팩트라는 전 세계적 기현상을 겪은 이후, 인류는 매일이 전쟁의 역사였기 때문이다.

세상이 격동했던 디멘션 임팩트 이후 대륙 곳곳에서는 정체를 알 수 없는 굴이 나타났다. 그것은 외진 숲속부터 현대 문명의 집약체인 도시 한복판, 바닷속까지 장소를 가리지 않고 우후죽순 검은 아가리를 벌려댔다.

이런 굴을 인류는 처음에 헬게이트라 불렀다.

마치 싱크홀이 생겨나듯 예고도 없이 벌어지는 굴속으로 수많은 이가 빨려 들어가 단 한 명도 살아 돌아오지 못했기 때문이다.

처음에는 단순히 굴이 깊어서 그런 것이라 짐작했다. 한데, 굴속을 탐험해 본 결과 그 안에 말도 안 되는 괴물들이 도사리고 있었고, 헬게이트에 빠진 이들은 그 괴물의 먹이가 되었음을 알았다.

그리고 그 괴물들은 굴 밖으로 기어 나와 인간을 사냥하기 시작했다.

전 세계는 급격한 혼란에 빠져들었다.

하지만 이러한 혼란은 권력층의 힘을 더욱 강인하고 굳건하게 만들어주는 매개체가 된다.

불안에 빠진 시민들은 큰 힘에 의지하게 되고, 그것은 곧 국가이며, 국가를 이끌어 나가는 이들은 늘 그렇듯 권력층의 사람들이다.

그들은 혼란을 잠식시키기 위해 분주히 움직였고, 가장 신빙성 있는 목소리를 내는 이에게 시민들의 민심이 쏠렸으며, 자연히 힘도 집중되었다.

각국의 권력층은 누구보다 열정적으로 이 위기에 대처하기 위해 발 벗고 나섰다. 위기를 해결하는 이가 곧 차기 대권을 잡을 수 있는 사람이 되기 때문이다.

세상이 멸망할지도 모른다는 기현상을 앞에 두고서도 그들은 천년만년 살 것처럼 이후의 대권을 생각하고 있었다.

그들의 빠른 대응으로 각국의 군 병력이 통째로 움직여 괴물과 인간의 전 세계적인 대전이 발발했다.

세계대전 발발 이후, 미국 정부는 헬게이트를 던전이라 칭했고 던전 안의 기이한 생명체를 통칭 몬스터라 불렀다.

몬스터와 인류의 싸움은 4년이 넘게 이어졌다.

숱한 군인의 희생과 화기류의 아낌없는 소모에도 몬스터들은 쉽게 소탕되지 않았다.

기존의 던전에서 나온 몬스터들을 전부 소탕할 때쯤, 새로운 던전이 열렸고, 그 안에서 더 강하거나, 약한 몬스터들이 튀어나왔기 때문이다.

지리한 소모전이 이어지는 동안 각국의 힘은 눈에 띄게 약해져 갔다.

이제는 생산해 내는 화기류, 화학무기들보다 소모되는 것이 더 많았고, 인류는 위기에 봉착했다.

바로 그 무렵부터였다.

초자연적인 힘, 포스(Force)를 다루는 비욘더(Beyonder)들이 등장한 것이.

비욘더들의 등장 및 성장으로 인류의 앞날엔 다시 희망이 보이는 듯했다.

몬스터들에게 잘 먹히지 않던 화기류의 생산은 중단되었고 비욘더들의 갑옷이나 그들의 포스를 적극 이용할 수 있는 무기들이 개발되었다.

인류는 이제 새로이 열리는 던전의 몬스터들을 레벨별로 분류해서 그 위험도를 파악했다.

가장 약한 몬스터를 1레벨로 지정하고, 이를 기준으로 강한 몬스터들을 상위 레벨로 두었다.

현재까지 던전에서 나온 몬스터 중 가장 강한 녀석은 5레벨의 아틀락 나챠(Atlach-Nacha)였다.

놈들은 사람과 비슷한 얼굴에 거미의 몸을 가진 거대 몬스터였는데, 생긴 것이 크툴루 신화에 묘사된 아틀락 나챠와 흡사해 이러한 이름이 붙여졌다.

아틀락 나챠는 확실히 상대하기 까다로운 몬스터였다.

놈들이 대거 굴에서 쏟아져 나왔을 땐, 민간인과 군인은 물론이요, 비욘더의 희생도 상당했다.

수많은 피를 뿌리며 어떻게든 놈들의 공격을 막아냈건만 숨 쉴 틈도 주지 않고 새로운 던전이 열렸다. 그리고 아틀락 나챠보다 강한 몬스터 무리가 기어 나와 인간을 습격했다.

이때의 전쟁은 인류를 거의 종말 직전까지 몰고 갔다.

하나, 인류는 또 한 번 질기게 살아남았고 이때부터 세계는 절대적 불가침 조약의 협약을 맺게 되었다.

위에서 언급했듯이 이것은 초토화된 인류의 현실 속에서도 여전히 강대국이라 불릴 수 있던 몇몇 나라의 의견이었다.

겉으로는 흉흉한 시기에 혹여라도 약소국이 타국의 침략을 걱정하지 않도록 배려하기 위함이라 공표했지만, 그 속내는 전혀 달랐다.

이미 약소국 중 대부분은 회생 불가의 상황이었다.

땅덩어리에 비해 비욘더들을 많이 보유했던 한국 역시 상태가 좋지 않았지만, 회생이 불가하지는 않았다.

그러나 타국의 도움이 필요했고, 이러한 국가들은 상당히 많았다. 강대국들은 그런 국가들에 도움의 손길을 내밀지 않기 위해 절대적 불가침 조약을 맺은 것이다.

타국의 영역 자체에 발을 들이지 못하는 조약이니만큼 무력 침공을 못 하는 것은 당연하고 무역이나 교류조차 없어지게 되는 것이다.

덕분에 강대국들은 본국의 회생에만 신경을 쓸 수 있었다.

사실 자국의 회생을 위해 굳이 이런 조약까지 내밀 필요는 없었다. 그러나 그들은 늘 앞을 내다보는 인간들이다. 미래의 역사에 한 점 오류를 남기지 않으려 한다. 왜? 미국이라는 나라는 끝까지 정의로워야 하기 때문이다.

사람들은 아직까지도 정의라는 말에 저도 모르게 끌려가는 경향이 있다.

해서, 명분이라는 것이 중요했다.

우리는 이러저러한 합당하고 지극히 합리적인 이유로 소국을 보호해 주려는 것이지 자국의 회생을 위해 절대적 불가침 조약을 제시한 게 아니다! 라는 명분 말이다.

그래야 세상의 암운이 걷혔을 때, 다시금 정의로운 세계 최대의 강대국으로 목소리를 드높일 수 있을 테니 말이다.

물론 여전히 몬스터들이 여기저기서 튀어나오는 상황이라면 이런 조약 자체를 선포하는 게 불가능했을 것이다.

그러나 그들은 영리했다.

몬스터들의 침공을 받는 와중에도 앞날을 생각해서 꾸준히 던전 레이더(Dungeon Radar)와 이지스 실드(Aegis Shield)를 개발했다.

던전 레이더는 대기의 불안정한 에너지 파장을 감지해 새롭게 열리는 던전의 위치를 미리 파악하게 해주는 장치였다.

이지스 실드는 새롭게 생긴 던전의 입구에 펼치는 에너지 장막으로, 몬스터들이 싫어하는 에너지파를 지속적으로 발출함으로써 놈들이 던전 밖으로 기어 나오지 못하게 해주었다.

신기하게도 몬스터들은 레벨이 아무리 높다 하더라도 결코 이지스 실드를 깨고 나오는 경우가 없었다.

아직까지는 말이다.

그로 인해 몬스터의 위험으로부터 어느 정도 안전이 보장되었기에 강대국들은 더더욱 절대적 불가침 조약의 타당성과 필요성을 주장할 수 있었다.

그렇게 절대적 불가침 조약의 성사 아래 몇 년이 더 흘렀다.

내가 새로 열리는 던전의 아가리 속으로 자살하듯 몸을 내던졌던 게 바로 이 무렵이었다.

이지스 실드는 몬스터의 발을 묶어놓을 수 있지만 사람에겐 아무런 영향도 주지 않는다.

난 까마득한 던전을 향해 뛰어내렸고 그대로 죽을 것이라 생각했었건만, 눈을 떴을 땐 한 번도 본 적 없던 세상, 에스테리앙에 와 있었다.

그런데… 지금 이건 또 뭐가 어떻게 된 걸까?

주변을 아무리 둘러봐도 지금 내가 서 있는 이 땅 덩어리는 에스테리앙이 아닌 한국 땅이었다.

조금 전까지 불타오르던 베아트리체 가문의 저택도, 정원에 즐비한 시체도 없었다.

"나… 진짜 돌아온 거야?"

그게 꿈이 아니었어?

아르마가 날 지구로 돌려보내 준다고 했던 게?

"우와… 시발."

이거, 드라마다.

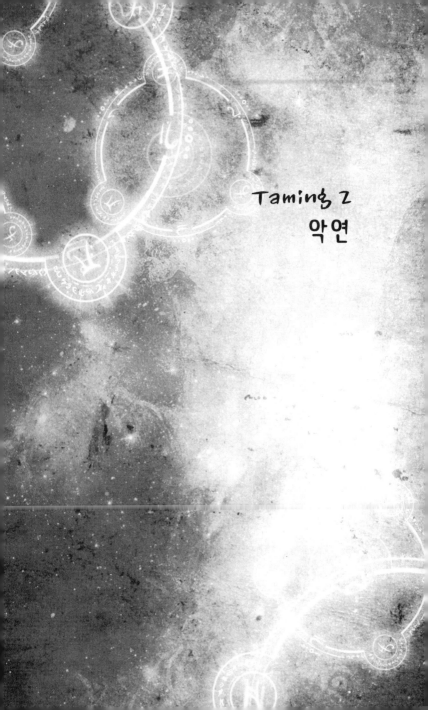

Taming 2
악연

내가 서 있는 곳은 학교 옥상이었다.

자살할 당시의 기억을 되새김질해 보자면, 우리 학교는 내가 멍청한 결정을 하기 이틀 전부터 폐쇄 조치에 들어갔다.

던전 레이더에 의해 불안정한 에너지 파장이 포착되었기 때문이다. 이런 경우 열이면 열, 사흘 이내에 무조건 그 주변 어딘가에 던전이 열린다.

우리 학교의 경우 이틀 만에 본관 건물 바로 앞쪽에 던전이 열렸다.

마치 싱크홀처럼 검은 아가리를 벌리고 있는 던전을 나는 난간에 기대 내려다보았다.

"여기서 뛰어내렸었지."

그다음엔 죽지 않고 바로 에스테리앙 대륙으로 슝.

차라리 죽는 게 나았지, 설명할 수 없는 기현상에 휘말려 에스테리앙 대륙으로 넘어가는 바람에 죽을 똥을 싸며 10년을 보냈다.

그러나 지금의 난 다시 10년 전으로 돌아와 있다.

"이거… 말이야, 단순히 차원 이동 수준이 아니라 회귀까지 해버렸잖아?"

누군가 내 혼잣말을 듣는다면 미친놈이라고 하겠지.

하지만 난 이미 차원이동을 한 번 했고, 에스테리앙 대륙에서 거짓말보다 더 거짓말 같은 현실을 겪었다.

지금의 내 상황을 이해하고 받아들이는 건 딱히 어렵지 않았다.

"아르마. 설마 죽어서 내게 도움을 줄 줄은……."

그녀에 대해 떠올리다 문득 그런 생각이 들었다.

그렇다면 차원을 이동한다는 게 한 사람의 영혼을 소멸시켜야 할 만큼 큰일인데, 대체 난 어떻게 지구에서 에스테리앙 대륙으로 넘어갔던 것일까?

그리고 이놈의 몬스터들은 왜 자꾸 지구로 넘어오는 것일까?

"뭔가 내가 모르는 연결 고리가 있어."

왜 그렇게 생각하냐고?

지구를 쑥대밭으로 만들고 있는 몬스터들은 전부 에스테리앙 대륙에 있던 녀석들이었으니까.

무언가 내가 알지 못하는 차원의 균열 같은 것이 일어난 게 틀림없다. 그로 인해 몬스터들이 지구로 넘어오는 것이고, 나도 우연찮게 그 차원의 균열 속으로 휘말려 들어 에스테리앙 대륙으로 넘어간 것이다.

"그럼 지금 저 안으로 뛰어내리면 다시 그쪽으로 가버리는 거 아니야?"

호기심이 일었지만 그딴 짓 두 번 다시 하기 싫다.

"그나저나 아르마가 말했던 부작용이란 게 뭐지? 겉보기엔 아무 이상이 없는데. 혹시……?"

나는 몸속의 포스를 운용해 보았다.

에스테리앙 대륙에서 내가 얻은 포스의 힘은 지구의 기준으로 따지자면 7클래스급이었다.

포스가 응집되는 곳은 심장이다.

포스는 힘의 크기가 업그레이드될 때마다 심장에 원형의 고리를 하나씩 두른다.

고리의 수가 많을수록 강력한 포스의 소유자인 것이다.

내 심상엔 일곱 개의 고리가 있었다. 지금도 분명 그 무형의 고리들은 느껴진다. 그런데 문제는…….

"없어."

고리만 존재할 뿐 그 안에 가득 차 있어야 할 포스가 개미

오줌만큼도 없었다.

포스들이 전부 증발해 버린 것이다.

"이런 미친. 내가 그 힘을 어떻게 얻었는데!"

10년 동안 공을 들여 얻은 힘이 순식간에 사라졌다.

"가만… 그럼 내 소환수들은?"

내게 테이밍된 소환수들은 포스의 힘없이는 소환하는 게 불가능하다. 한데 그런 걱정은 안 해도 될 상황이 되어버렸다. 소환수들 자체가 모두 사라졌다.

"푸르푸르. 핑시아. 마리모. 마리안 싱!"

몬스터들의 이름을 아무리 외쳐보아도 내 앞에 나타나지 않았다.

정말로 다 잃어버린 것이다.

"하아."

허탈했다.

설마 아르마가 말한 부작용이라는 게 이런 것일 줄은 몰랐다.

"하지만 최악의 상황은 면했어."

아직 내 심장에는 7개의 고리가 파괴되지 않고 그대로 남아 있다. 만약 이 고리들이 파괴되었다면 7클래스급의 마나를 모으는 데 또다시 10년이 걸렸을 것이다.

고리는 알기 쉽게 설명하자면 집 같은 것이다. 집을 짓는 시간이 오래 걸리지, 분양해서 사람이 들어오는 시간은 그다지 오래 걸리지 않는다.

한데 작은 문제가 하나 있었다.

"포스를 어떻게 모으지."

포스는 생명의 에너지다.

포스를 모으는 방법엔 크게 두 가지가 존재한다. 하나는 사이펀(Siphon)이고 다른 하나는 플런더(Plunder)다.

사이펀의 경우 대자연의 에너지를 조금씩 흡수해 심장에 축적하는 방식이다.

뭐, 간단하게 말해서 그렇다는 것이고 그 원리를 깊이 분석해 보면 사람의 몸을 하나의 커다란 관처럼 사용해서 대자연의 기운을 정수리로 받아들여 회음혈로 내보내는 작업을 반복하는 것이다.

한마디로 육신의 '빨대화'라고 할 수 있겠다.

대자연의 에너지를 물이라고 친다면, 빨대로 빨아들이는 게 아니라 위에서 물을 쏟아 아래로 빠져나오게 하는 식이다.

한번 물이 쓸고 지나간 빨대의 속엔 작은 물방울들이 맺혀 있다. 사이펀의 원리가 바로 이거다.

이 짓을 계속하다 보면 육신을 관통해 지나간 대자연의 기운이 물방울처럼 조금씩 세포 하나하나에 남게 되고 그것을 다시 심장으로 끌어들여 포스의 에너지로 만드는 것이다.

따라서 사이펀의 경우 포스가 쥐꼬리만큼 조금씩 모인다. 그만큼 성장이 늦을 수밖에 없다. 하나, 부작용이 없고 안전하다.

반면 플런더는 사이펀보다 포스를 빠르게 모을 수 있다. 그러나 체질에 따라 부작용이 생기기도 한다. 심하면 영원히 포스를 사용할 수 없는 몸이 되거나 목숨을 잃을 수도 있다.

사실 플런더 방식은 에스테리앙 대륙의 사람들 대부분이 모른다.

더 정확하게 얘기하자면 에스페란자 가문 사람들만 알고 있다.

왜? 에스페란자 가문에서만 전승되는 비전법이기 때문이다.

괜히 현자라는 칭호가 대물림되는 집안이 아니었다.

지금 와서 생각해 보면 바르반은 양자를 들일 수밖에 없는 입장이었다.

에스페란자 가문의 비전 지식들을 물려받아 가문을 이어나갈 사람이 필요한데, 자식이 없던 상황에서 부인을 제 손으로 죽이고 다시는 다른 누군가를 사랑하지 않겠다 세상에 공표했으니 말이다.

어찌 되었든 그래서 양자인 내가 플런더 방식을 전수받을 수 있었다.

한데 지금 내 상황에서 포스를 모으는 건 조금 힘든 일이었다.

플런더는 몬스터의 몸 안에 있는 '코어(Core)'를 먹음으로써 포스를 흡수한다. 코어는 몬스터들이 축적하고 있는 포스가 담긴 작은 돌멩이다.

그러니까 플런더의 방식은 몬스터들의 코어를 빼앗는 것이다.

물론 그러려면 몬스터를 죽여야 한다.

여기서 문제가 생긴다.

난 지금 모든 포스를 다 잃어버렸기에 몬스터를 상대하기가 힘들기 때문이다.

"어쩐다. 음… 링링 정도면 상대할 수 있을 것도 같은데."

지구의 사람들은 코어에 대해서는 알고 있으나 플런더 방식에 대해서는 모른다. 에스테리앙에서도 에스페란자 가문에만 전승되는 비전이었으니 당연하다.

코어에 담긴 힘은 플런더를 익힌 이가 아니면 흡수하지 못한다.

게다가 코어를 얻은 즉시 섭취해야 효력이 있지 1분만 지나도 그 안의 모든 힘이 사라져 버린다.

때문에 지구인들은 이 코어를 그다지 중요하게 생각하지 않았다.

"이미 7클래스급의 고리가 있으니 코어만 흡수하면 광속 성장은 시간문제지만… 몬스터를 어떻게 잡느냐 말이야."

고민에 빠져 있던 그때였다.

"찐따!"

우와~ 진짜 오랜만에 들어본다, 저 별명. 그리고 짜증 나는 목소리도.

감히 에스테리앙 대륙에서는 아무도 나를 그딴 별명으로 부르지 못했었는데.

미간을 찡그리며 뒤돌아서니, 나를 향해 다가오는 김태하와 지동찬이 보였다.

둘은 대단한 짝패다.

어딜 가든 무엇을 하든 항상 함께였다.

되도록 가지 말아야 할 곳을 가며 못된 짓을 한다는 게 문제였지만.

한마디로 지독한 날라리… 아니, 미친놈들이었다.

이제 18살인 놈들이 어른이 하는 건 다 하고 다닌다. 그에 반해 청소년들이 해야 하는, 교우를 사랑하고 아껴주는 행동 같은 건 절대로 안 한다.

지금처럼.

딱!

김태하가 내 머리를 이유 없이 후려쳤다.

늘 그랬다.

녀석의 구타에는 이유가 없었다. 숨 쉬듯 일상적이었다.

"설마 했는데 진짜 찐따네. 여기서 뭐 하냐, 너?"

말을 하며 김태하가 담배 한 개비를 꺼내 물었다. 옆에 서 있던 지동찬이 주머니에서 라이터를 꺼내 불을 붙여주었다.

"어… 그러니까. 내가 여기서 뭐 했냐면 말이다."

딱!

한 대 더 맞았다.

짜증 나네.

"말투가 왜 그래? 뭐 했냐면 말이다? 막 기어오르는구나. 에효."

"처돌았네, 이거."

지동찬이 김태하의 말에 맞장구치며 키득거렸다.

아, 그래.

난 십 년 전으로 되돌아왔지만 지금 이 새끼들의 눈에 난 어제 보았던 그 찐따 루아진이지?

포스만 사라지지 않았어도 이 자식들 당장 곤죽을 내버리는 건데.

하지만 어쩌겠는가?

당장은 힘이 없으니 참아야지.

"어디 보자~"

김태하가 옥상 아래의 던전 입구를 슥 쳐다보며 재를 털었다.

"동찬아, 여기 1레벨 몬스터만 감지된다고?"

지동찬이 팔목에 차고 있는 시계의 버튼을 쑥 눌렀다. 그러자 액정 속 시계가 사라지고 던전에 대한 정보가 주르륵 떠올랐다.

저것이 던전 레이더의 업그레이드판 보급형이다.

평소에는 시계의 형태를 하고 있지만 버튼 하나만 누르면 언제든 인근 던전에 대한 정보를 감지해 알려준다.

"응. 1레벨 몬스터 말고는 감지 안 돼."

"그러면 끽해봐야 링링 정도나 나오겠네."

김태하가 양손을 깍지 껴 앞으로 죽 내밀며 고개를 좌우로 두드득 꺾었다.

링링.

지구에서는 1레벨 최하급 몬스터로 분류되는 녀석이다.

링링은 젤리 같은 질감의 반구형 몬스터로 크기는 수박의 두 배 정도 되며 몸 자체가 강한 산성으로 이루어져 있다.

색상은 가지각색이며 머리 위에는 예쁜 꽃이 달려 있는데, 평소에는 흙 속에 숨어 있다가 생명체가 다가오면 그대로 집 어삼켜 산성액으로 녹여 소화시킨다.

지구에서도 그렇듯이 에스테리앙에서도 가장 약한 몬스터 중 하나로 분류되는 녀석이다.

그래도 몬스터는 몬스터다.

일반 사람이 만만하다는 식으로 말할 수 있는 존재는 아니다.

그럼에도 김태하가 이렇게 자신만만한 이유는 그가 바로 포스의 힘을 각성한 비욘더이기 때문이다.

비욘더들은 사용하는 포스를 어찌 사용하느냐에 따라 다시 세 분류로 나뉜다.

첫 번째는 포스의 힘으로 육신을 강화시키는 피지컬 비욘더(physical Beyonder).

두 번째는 포스를 새로운 공식으로 분해하고 새로 조합해서 여러 가지 원소의 힘으로 치환해 사용하는 매지컬 비욘더(Magical Beyonder).

마지막으로 세 번째는 포스의 힘으로 정신력을 강하게 만든 뒤, 초능력을 이용하는 센서블 비욘더(Sensible Beyonder)다.

김태하와 지동찬은 둘 다 피지컬 비욘더였다.

김태하가 2클래스, 지동찬이 1클래스급의 포스를 갈무리하고 있다.

아직 성인이 되기 전임에도 비욘더의 능력을 각성한 이들은 학교에서는 물론 국가에서도 특별 대접을 받는다.

몬스터들을 잡을 수 있는 몇 안 되는 이들이니 당연했다.

다른 학생들과 똑같은 잘못을 저질러도 처벌이 가벼웠고, 그것에 대해 누구도 이의를 제기하지 않았다.

그렇다 보니 저 둘이 저토록 개차반에 망나니가 된 것이다.

세상 무서운 게 없거든.

미성년자 딱지만 달고 있을 뿐 놈들이 누군가를 점찍고 괴롭히는 수순은 아주 지독하고 악랄해서, 나 이선에 씌었던 동급생 박지만은 자살을 했다.

박지만이 죽었는데도 그들은 아무렇지 않게 학교에 다니며 못된 짓을 일삼았다.

그러다 내가 녀석들의 눈에 띄었고 박지만 다음으로 괴롭힘을 당하게 된 것이다.

들리는 소문에 의하면 놈들에게 강간을 당한 여학생도 많다고 한다.

다만 '어떠한 협박'에 누구도 말을 꺼내지 못하고 있을 뿐.

하여튼 이 녀석들은 세상에 구제하지 못할 쓰레기들이다.

딱!

아오, 벌써 세 대.

"찐따. 근데 너 여기 왜 온 거냐니까? 설마 자살이라도 하려고? 지만이가 그립냐?"

개새끼, 말하는 것 좀 봐라.

너 때문에 자살한 지만이에 대한 죄책감은 조금도 없는 거냐?

"그럴 리가."

"이 새끼가 근데 오늘따라 목소리에 힘이 들어가 있네? 뒤질래?"

"……."

참자, 참아.

비록 내가 전생에서 무투술을 익혔다고는 하나 지금은 아무런 힘이 없는 일반인이다.

싸움을 걸어봤자 피지컬 비욘더들의 머리카락 하나 건드릴 수 없다.

"오늘 까분 건 내일 학교에서 계산하자. 아, 너네 꼰대한테 아파트 경비 일 좀 잘하라고 전해. 시간 날 때마다 비질도 좀 자주 하시라 그러고. 오늘 아침에 보니까 아주 개판이더라. 여기저기 쓰레기 굴러다니고… 아파트 경비가 하는 일이 그런 거 아니냐? 돈을 받아 처먹으면 농땡이 피우지 말고 열심히 일을 하셔야지."

아… 그래.

우리 아버지, 저 새끼 사는 아파트에서 경비 일 하고 계셨다.

"열심히 일하면 내일 아침에 내가 먹다 남은 삼각김밥 하나 갖다 드린다고 해라."

"크크큭! 야야, 그럼 난 먹다 남은 음료수. 드시다 목메면 어쩌냐."

이건 못 참겠는데.

"까고 있네, 미친 새끼들."

"뭐?"

이죽거리던 김태하의 얼굴이 싹 굳었다.

"…아무래도 네가 감을 잃은 모양이다. 그치?"

김태하가 내 멱을 잡아 들어 올렸다. 그것도 한 손으로. 2글 래스 피지컬 비욘더의 힘이라면 이 정도는 아무것도 아니었다.

"큭!"

숨이 턱 막힌다.

"태하야, 뭐 하려고?"

지동찬이 물었다.

"동찬아, 우리 여기 안 온 거다."

"어? 그게 무슨… 야, 설마."

지동찬의 목소리가 말미에 살짝 떨려왔다.

나도 이 정신 나간 새끼의 속셈을 알아채고 실소를 흘렸다.

김태하가 뱀 같은 눈으로 날 노려봤다.

"너무 까불었어."

"잠깐만, 태하야. 우리 여기서 철수할 거면 길드에 연락해서 상황 보고 해야 하는데."

원래 그게 비욘더의 수칙이다.

한국 각지에 퍼져 있는 비욘더들은 던전이 열릴 때마다 그 던전에 대한 위치와 정보를 전달받는다.

어느 지역에 있으며 몇 레벨급의 몬스터가 감지되는지.

그러면 가까운 지역의 적당한 실력을 가진 비욘더가 이를 수락하고서 던전을 토벌하기 위해 출동하는 시스템이다.

이 두 녀석이 여기에 온 것도 두 가지 조건이 충족되어서 콜을 받았기 때문이다.

하지만 콜을 받은 이상 던전은 확실히 정리를 해야 한다.

피치 못할 사정으로 토벌을 취소해야 한다면 이를 비욘더 길드에 알리는 게 필수다.

그래야 다른 비욘더가 찾아와 던전을 토벌할 테니까.

그런데 김태하 이 새끼는 지금 딴생각을 하고 있었다.

"알리지 마."

"야, 그러면 벌금이 천이야."

"천만 원이랑 사람 목숨이랑 비교하면 어떤 게 더 값어치 있냐?"

"어? 그야 당연히 사람 목숨이지."

"그렇지? 비교가 안 되지? 그러니까 우리는 싸게 처리하는 거야."

지동찬이 설마 하는 시선을 김태하에게 보내는 순간, 내 몸이 옥상 아래로 빠르게 떨어져 내렸다.

놀란 지동찬과 달리 날 내려다보는 김태하의 얼굴엔 비릿한 미소만 가득했다.

"…저 미친 새끼."

3층 건물 옥상에서 사람을 던져?

천만 원이면 싸다고?

너, 내가 살아 돌아가면…….

퍽!

*   *   *

놀란 지동찬이 헛숨을 들이켰다.

루아진은 던전의 검은 아가리 속으로 들어가 이내 보이지 않았다.

김태하는 넋 나간 지동찬의 등을 툭 두들겼다.

"뭘 그렇게 놀라, 새꺄."

"어?"

"왜? 걱정돼?"

"아, 아니. 걱정되기는. 저런 찐따 새끼 뒈지든 말든 내 알 바냐?"

"그치? 근데 표정이 왜 그래?"

"난 그냥 벌금 때문에 걱정돼서……."

"너랑 나랑 던전 한 번 돌면 그깟 이백 우습게 버는데 뭐가 문제야."

"근데 찐따… 이미 죽었겠지?"

"이 높이에서 떨어지면 대부분 죽거나 병신이 되거나 둘 중 하나지. 가끔 던전 바닥이 푹신푹신할 때도 있으니까 운 좋으면 멀쩡할 테고."

푹신푹신하다고 해봤자 흙바닥이다.

아무튼 멀쩡할 수는 없는 게 사람의 육신이다.

"근데, 만약에 살았는데, 우리가 토벌 안 한 거 길드에서 겁나 빠르게 눈치 까고 다른 비욘더 보내면?"

"그럼 살겠지."

"살아 돌아오면 우리 얘기 할 거 아냐."

"한다고 누가 믿어줘? 지금 나라에서 필요로 하는 게 아무런 능력도 없이 왕따나 당하는 민간인이냐, 아니면 우리 같은 비온더냐? 국가의 흥망이 달린 판국인데 비온더들을 감옥에 처넣고 싶겠어?"

"그래도 능력을 범죄에 악용하면."

"가중처벌받지. 그런데 증거가 없잖아? 우리가 그랬다는 증거 어디 있는데? 있으면 말해봐. 우린 그냥 실수로 콜 받았던 것뿐이고, 여기 오지 않았다고 하면 돼. 그리고 내가 보기엔 백 퍼센트 이미 죽었어. 요즘 던전투신자살 하는 새끼들 많잖아. 확실한 자살 방법으로 유명하잖냐. 저 새끼도 그런 새끼들 중 하나인 거야. 가난한 집안 사정 비관하다 자살한 병신으로 낙인찍히는 거라고 그냥."

"에이, 씨팔. 그래. 우리가 했다는 증거도 없는데 뭐. 가자. 어디 가서 술이나 빨아야겠다."

"하하. 그렇게 나와야지."

김태하가 지동찬의 어깨에 팔을 걸고 시시덕거렸다.

지동찬도 조금 전의 걱정에 찬 표정은 싹 사라졌다.

둘은 술과 여자를 즐길 생각에 들떠서 옥상을 내려갔다.

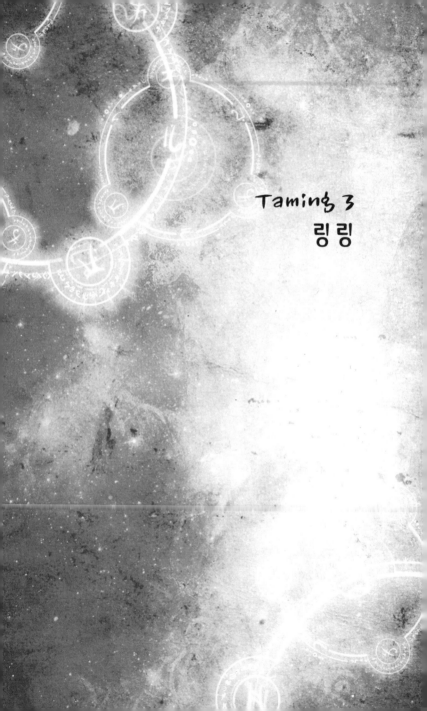

Taming 3
링링

　지금의 난 일반인과 다름없다.

　육체적으로는 그렇다.

　그러나 지난 10년의 세월 동안 바르반에게 배운 지식들은 고스란히 머릿속에 각인되어 있다.

　바르반은 현자라 불리었던 만큼 다양한 분야에 박식했고, 그 안에는 무투술에 관한 지식도 있었다.

　그는 단순히 지식을 쌓는 것에만 그치지 않고 직접 몸으로 터득하는 걸 즐겼다.

　해서 무투술에도 제법 능했던 그는 내게 자신이 아는 모든 것을 전수해 주었다.

'아직 지식을 따라가기엔 무리가 많은 몸뚱이긴 하지만 해 보는 수밖에!'

아주 짧은 순간 추락하는 와중에도 정신을 똑바로 차렸다.

이 정도 높이에서 떨어진다는 것에 대한 공포심은 없다.

내 몸은 불행 중 다행으로 던전의 벽에 가까이 밀착해 있 었다.

머리부터 떨어져 내리던 와중, 무게중심을 아래쪽으로 쏠리 게 해, 배와 지면이 마주 보게 몸을 틀었다. 동시에 다리를 웅 크렸다가 쫙 펴며 던전의 벽을 밀어 찼다.

퍽!

두 다리에 제대로 힘이 들어갔다! 내 몸이 지면과 충돌하기 직전 앞으로 멀리 튕겨 나가며 사선으로 떨어졌다.

이어 흙바닥에 접촉하는 순간 낙법을 했다.

콰당탕!

"큭!"

역시 몸은 아직 지식을 따라오지 못했다.

낙법의 자세도 엉성했고 애초에 떨어지는 속도가 어마어마 했다.

땅을 몇 바퀴나 구르고 나니 머릿속이 하얘졌다.

사지가 욱신거리며 아팠다.

"쿨럭! 크윽… 으, 어쨌든 살긴 살았네. *끄응!*"

얼른 정신을 차리고 일어섰다.

일반인이 던전에서 드러누워 있는 건 몬스터들에게 날 잡아 잡수 하는 것밖에 되지 않는다.

"살긴 살았는데 상태가 말이 아니네."

아무래도 갈비뼈에 금이 간 것 같다.

팔다리엔 타박상이 의심되고 얼굴 곳곳이 따가운 게 피부가 긁혀 나간 모양이다.

이런 상황에서 톤톤 같은 녀석들을 만나면 일이 골치 아프게 된다.

놈들은 링링과 달리 육탄전을 벌이는 이족 보행 몬스터다.

키는 성인 남성의 반 정도밖에 안 되고 피골이 상접한 몰골에 근력도 약하지만 움직임이 날래다.

특히 손톱에 마비독이 묻어 있어 지금 내 상태에선 더더욱 상대하기 까다롭다.

차라리 링링이 나와주는 게 나에겐 득이 된다.

"괜찮을 거야. 난 악운에 강한 편이니까."

스스로를 다독이며 한 발 한 발 조심스레 앞으로 나아갔다.

던전 내부엔 스스로 발광하는 야광석이 박혀 있어 빛이 없어도 환했다.

터벅터벅.

던전 안엔 내 발자국 소리만 외롭게 가득 찼다.

그러다 드디어.

"뀨!"

몬스터가 나타났다!

이 귀여운 울음소리.

내가 바라던 링링이었다!

역시 난 악운에 강하다니까!

통로를 막아선 건 보라색 링링 한 마리였다.

몬스터를 잡아 돈을 버는 비욘더들의 경우 링링을 잡으면 길드에서 마리당 5만 원씩 쳐준다.

너무 가격이 싸다 싶은 경향이 없지 않아 있겠지만, 거기엔 다 이유가 있다.

링링이 분명 산성의 점액질로 몸에 닿는 모든 것을 녹여 버리는 무서운 놈들이긴 하지만 치명적인 약점이 있었다.

바로 머리 위에 달려 있는 저 꽃!

저것만 뽑아버리면 링링은 죽는다.

링링이 꾸물럭거리며 내게 슬슬 다가왔다.

그것은 살아 있는 생명을 잡아먹겠다는 본능에 의거한 움직임이었다. 녀석들의 지능은 매우 낮다. 그리고 난 이놈들을 어떻게 공략해야 하는지 아주 잘 안다.

부욱!

입고 있던 셔츠의 한쪽 팔을 뜯어냈다. 그리고 끝을 매듭지어 무겁게 만든 뒤, 링링이 사정거리에 들어오는 순간 채찍처럼 휘둘렀다.

휙!

링링은 부정형의 몸을 쭉 늘려 다가온 셔츠를 콱 움켜쥐었다.

그 순간 난 링링에게 달려가 머리의 꽃을 잡아 뽑으려 했다.

"됐……!"

모든 게 순조롭다고 생각한 그때였다.

치익!

"크악!"

링링이 몸의 일부분을 촉수처럼 뻗어 내 다리를 휘감았다.

촉수는 순식간에 바짓단을 녹이고 종아리 살까지 태워 버렸다. 여기서 정신 놓고 어영부영하다가는 평생 다리 하나 없이 살아야 한다.

"으압!"

난 있는 힘을 다해 링링의 꽃줄기를 잡아 뽑았다.

쑥!

꽃이 뿌리까지 뽑혀 나왔다.

뿌리의 끝부분엔 엄지손톱만 한 코어가 매달려 있었다.

뷰웃!

코어를 잃은 링링은 딱딱하게 굳더니 이내 흐물흐물거리다가 완전히 녹아 사라졌다.

"흐아아."

난 안도의 숨을 내쉬었다.

"고작 링링 때문에 이 고생을 하다니."

포스가 없는 인간의 몸은 정말 보잘것없었다는 걸 다시 한 번 느끼는 순간이었다.

링링이 녹여 버린 종아리에서 피고름이 줄줄 흘러내렸다.

"어서 치료하지 않으면 큰일 나겠네, 이거."

일단 난 뿌리 끝에 달린 코어를 뜯어 삼켰다.

그저 단단한 돌덩이에 지나지 않던 코어는 목을 통해 넘어가는 순간 그 안에 감추고 있던 에너지를 활성화시켜 내 몸속에 토해내었다.

난 코어의 에너지를 전부 심장의 첫 번째 고리에 갈무리했다.

"음… 대략 50분의 1 정도 찬 것 같은데."

정말 딱 그런 느낌이다.

앞으로 링링을 50마리는 잡아야 고리 하나에 포스를 가득 채울 수 있다는 것이다.

아울러 1클래스 고리보다 2클래스 고리에 훨씬 많은 양의 포스를 갈무리할 수 있다.

1클래스를 다시 채우는 건 금방이지만 2클래스는 몇 배 이상 많은 링링이 희생되어야 할 것이다.

그건 그때 가서 생각할 문제고 일단은 응급처치가 우선이지.

이건 지구의 사람들도 알고 있는 건데, 링링의 꽃잎엔 상처를 치료해 주는 회복 능력이 있다.

복용할 경우 내상이든, 외상이든 그것이 병이 아니라면 경미하나마 회복을 시켜준다.

난 링링의 꽃잎을 우적우적 씹어 삼켰다.

회복의 효과는 빠르게 전신으로 퍼져 나갔다.

종아리의 피고름이 멎었다. 욱신거리던 갈비뼈와 팔다리도 조금 나아졌다.

당장은 말 그대로 '응급처치' 수준의 회복만이 가능했지만, 계속해서 링링을 잡아나가며 꽃잎을 먹으면 금방 완치될 것이다.

"좋아. 이 상태로 계속 가자."

한 걸음 한 걸음 내디딜 때마다 종아리는 물론이고 전신의 뼈와 근육이 욱신거리며 비명을 질러댔다.

그러나 이 정도의 고통 따위 아무것도 아니다.

바라반에게 무투술을 배울 때 당했던 고통을 생각하면 이거야 구름 위에서 신선놀음하는 수준이다.

'그 노인네. 선한 할아버지 같은 얼굴로 사람 좋은 미소 지으면서 날 미친 듯이 굴렸지.'

심할 때는 열흘 밤낮 동안 못 자고 못 먹으면서 수련을 받은 적도 있었다.

물론 나를 가르치는 바라반은 잘 먹고 잘 잤다.

하지만 나는 잘 수 없었다.

긴 장대 위에 한 발로 서서 밑으로 떨어지지 않게 정신 똑바로 차려야 했으니까.

그냥 떨어지면 편하지 않았겠냐고? 수백 개의 창날이 대가리를 곧추세우고서 빼곡히 박혀 있는 구덩이에 떨어지면 편한 정도가 아니라 이승 생활을 청산해야 할 터였다.

"인간 루아진한테 이 정도 시련은 우습지."

방심은 한 번이면 족하다.

조금 전에 종아리를 내어준 건 여전히 좁혀지지 않은 지식과 육체 간의 괴리 때문이었다.

링링의 공격을 분명히 두 눈으로 봤지만 내가 생각하는 만큼 육체는 반응하지 못했다.

이제 내 수준을 확실히 인지했으니 이런 실수는 없다.

각오를 다지고 조금 더 앞으로 나아갔을 때 초록색 링링 한 마리가 나타났다.

"뀨우!"

"오냐, 반갑다."

내 회복약.

*　　　　*　　　　*

던전을 들쑤시고 다닌 지 한 시간 반이 지났다.

다행히 과거로 돌아온 내 바지 주머니엔 스마트폰이 있었고 시간을 확인하는 게 가능했다.

"뀨웃!"

방금 붉은색 링링 한 마리가 유명을 달리했다.

"이걸로 62마리째."

세 시간 동안 난 60마리가 넘는 링링을 사살했다.

그럼에도 아직 1클래스의 고리엔 포스가 가득 차지 않았다. 내 계산이 틀린 거냐고? 아니다. 링링의 코어 50개면 1클래스의 고리를 채우기 충분하다.

다만 간과했던 오류가 있었다.

고리를 가득 채우지 못한 포스는 시간이 흐를수록 점차 흩어진다. 고리를 가득 채워주어야만 포스가 고리 안을 계속해서 순환하며 밖으로 흩어지지 않는다.

아울러 순환 운동이 시작된 다음부터는 내가 포스의 힘을 사용해도 대자연의 기운을 스스로 흡수해 소모된 힘을 채운다.

어찌 되었든 그런 이유로 62마리의 링링을 사냥해야 했고, 지금 내 입으로 62번째의 코어가 흘러 들어왔다.

코어의 힘이 심상으로 빠르게 살부리뇌는 그 순산!

차아앙—!

맑은 파동이 전신으로 퍼져 나갔다.

이윽고 1클래스의 고리에 가득 찬 포스가 순환 운동을 시작했다.

"다 모았어. 드디어 1클래스의 힘을 다 모았다고."

고리가 파괴되지 않은 것이 천만다행이다.

만약 파괴되었다면 겨우 한 시간 반 만에 하나의 고리를 활성화시키지 못했을 것이다.

"우적! 우적! 꿀꺽!"

난 62개째의 꽃잎도 먹어치웠다.

이미 종아리는 말끔하게 나았고 얼굴의 찰과상과 사지의 타박상, 그리고 옆구리 뼈도 전부 치유되었다.

링링이는 훌륭한 약통이었습니다.

"좋아, 그럼 지금부터는 링링이 길들이기다."

그나저나 나는 지구의 던전에 대해서는 말만 들었지 직접 이렇게 들어와 보는 건 처음이다.

던전은 생각했던 것보다 더 길고 갈수록 복잡해졌다.

고작 1레벨 몬스터들이 나오는 던전이 이 정도면 그 이상급은 어느 정도라는 말이야?

이렇게 몬스터들이 득시글거리니 비욘더들이 돈을 바가지로 긁어모으지.

"물론 이제부터 그건 내 얘기이기도 하겠지만."

아아, 생각하면 할수록 지구로 돌아오길 잘했다.

사실 난 김태하 그 자식이 던전으로 날 던질 때 죽는 것보다 다시 에스테리앙으로 돌아가게 되는 건 아닌지, 그게 더 걱

징됐었다.

하지만 과거와 달리 난 멀쩡히 지구에 남아 있다.

거기에다 대접받는 직업, 비욘더까지 되었다.

이제 구질구질했던 이곳에서 삶을 백팔십도 바꿀 수 있다 이 말이야!

"아부지. 조금만 기다려요. 소심하고 겁 많고 남의 눈치만 보고 왕따당하면서 평생 손해만 보던 찌질한 아들 더 이상 없으니까. 내가 돈 많이 벌어서 맛있는 것도 많이 사드리고 좋은 신발도 사드릴게요."

우리 아버지는 경비 일을 하신다.

그런데 돈이 없어서 한겨울 추운 날 눈이 가득 쌓여도 다 헤진 운동화를 신고서 눈을 치운다.

그러다 보면 신발이 다 젖어 발이 꽁꽁 언다.

다른 분들은 등산화니 뭐니 좋은 신발 신고 다니는데 우리 아버지 신발만 보면 가슴이 찢어지듯 아팠다.

엉망으로 다치고 망가진 발을 보면 왈칵 눈물이 쏟아지려는 걸 억지로 참고는 했다.

이제 그렇게 고생할 일은 없다.

"뀨웃!"

"첫 번째 소환수 포착."

아들이 최강의 테이머가 되어서 돌아왔으니까.

"뀨우우."

날 발견한 분홍빛 링링은 다른 링링들처럼 함부로 덤벼들지 않았다.

내가 달라졌기 때문이다.

녀석은 내 심장에 갈무리된 1클래스의 포스를 본능적으로 느끼고 두려움이 앞선 것이다.

나와 같은 테이머들이 몬스터들을 테이밍하는 방법은 두 가지가 있다.

친숙함을 느끼게 해 길들여지고 싶은 마음이 들게 하거나, 알아서 굴복할 때까지 쥐어 패거나.

처음 테이머가 되었을 땐 후자의 방법으로 몬스터를 테이밍했지만 점점 테이밍하는 몬스터가 늘어가고 그들의 특성에 대해 알게 되면서 친숙하게 길들이는 경우가 많아졌다.

에스페란자 가문의 몰락 이후 2년 동안 떠돌이 생활을 하던 중에 내 유일한 낙은 테이밍한 몬스터들과 함께 시간을 보내는 것이었다.

그러다 보니 각 몬스터들의 취향과 성격 같은 것을 절로 파악할 수 있게 되었다.

링링의 경우 기본적으로 몬스터들의 먹이사슬에서도 최약체이기 때문에 겁이 많고 경계심이 심하다.

하지만 그런 링링이 유일하게 이빨을 드러내지 않고 친하게 지내는 몬스터가 하나 있으니 톤톤이다.

톤톤이 링링과 친할 수 있는 이유는 이 녀석들이 서로의 음성을 좋아하기 때문이다. 링링의 음성은 톤톤에게, 톤톤의 음성은 링링에게 안정감을 가져다준다고 한다.

아마 지금 내 수중에 테이밍한 톤톤이 있었다면 큰 수고 없이 링링을 테이밍할 수 있었을 것이다.

그러나 톤톤이 없으니 어쩔 수 없이.

"패야지 뭐."

아, 물론 온몸이 산성의 점액질로 이루어진 링링을 물리적으로 쥐어 팰 순 없다.

그런데 난 현자 바르반한테 여러 가지를 배웠고 그중엔 마법학도 있었거든.

마법의 정통을 걸어온 이들만큼 대단한 수준은 아니지만 3클래스 정도의 소박한 마법들은 시전할 수 있다.

머릿속에 든 지식은 9클래스급의 마법 공식들도 다 외는 정도지만 딱 3클래스까지 시전할 수 있는 게 내 한계였다.

마법이라는 것도 다 타고나는 자질이 있어야 하는 거거든.

지금은 내 포스가 1클래스 수준이니 거기에 맞는 마법을 시전해야겠지.

난 머릿속으로 파이어 애로우 연성에 필요한 룬 문자들을 차례로 그려 나갔다.

마법을 구현하겠다는 의지가 담긴 룬 문자의 조합은 심장의 포스를 움직여 불 속성의 원소 에너지로 바꾸었다.

이제 준비는 끝났다.

오른손을 들어 링링을 조금 비껴 겨냥하고서 시전어를 말했다.

"파이어 애로우."

그러자 허공에 이글거리는 불화살이 나타났다.

그것은 빠르게 튀어 나가 링링의 몸체를 살짝 긁고 땅에 박혀 소멸했다.

치이익!

링링의 몸 일부가 흰 연기를 내며 타들어갔다. 녀석이 부들부들 떨었다. 공포를 느끼기 시작한 것이다. 난 그런 식으로 파이어 애로우를 몇 방 더 날렸다.

화르륵! 퍼퍼퍼퍽! 치이익!

"뀨, 뀨우우……."

비로소 링링은 전의를 완전히 상실했다.

테이밍시키기에 아주 좋은 상태다.

1클래스의 포스는 다시 정신 에너지로 치환되었다.

난 링링에게 모든 신경을 집중해 술법(術法)을 운용했다.

술법의 사용에는 마법을 시전할 때처럼 복잡한 공식 같은 것이 필요 없다.

마법이 수학이라면 술법은 미술 같은 분야다.

느낌과 이미지에 집중하고 그것을 갈고닦아 구현해 내는 것이 술법이다. 그리고 나는 그 분야에서 가장 뛰어난 재능을 보였다.

"술식, 지배(支配)!"

링링에게 지배의 술이 닿았다.

링링은 술법에 당하지 않으려고 반항했으나 잠깐뿐이었다.

녀석의 정신은 내게 완전히 잠식당했다.

테이밍에 성공한 것이다.

분홍색 링링은 지구에 넘어와 내가 처음으로 테이밍한 소환수가 되었다.

"이리 와."

내 명령에 링링은 자신이 낼 수 있는 가장 빠른 움직임으로 꾸물거리며 다가왔다.

"자, 이제부터 내가 널 키워줄게. 그래도 한때는 테이머 마스터라고까지 불리었던 이 몸의 소환수인데 1성 링링은 너무 초라하잖아? 업그레이드하자. 오케이?"

링링이 몸을 한번 탕 튕기며 의사 표현을 했다.

이제 겨우 테이머로서 한 발을 내디뎠다.

*   *   *

몬스터는 농속을 잡아먹음으로써 빠르게 성장한다.

지금 난 한 시간 동안 링링에게 다른 링링들을 사냥해 바쳤다.

녀석이 먹어치운 동족의 수가 열이 넘어갔을 때 2성으로 성

장하며 덩치가 1.5배 커졌고, 서른이 넘어갔을 땐 3성으로 성
장하며 귀여운 눈과 입이 생겼으며 머리에 핀 꽃이 더 화려해
졌다.

"넌 진짜 성장할수록 더 귀여워지는구나."

"뀨웃~!"

내 옆에서 함께 움직이던 링링이 강아지처럼 다리에 몸을
비비적대며 눈웃음을 흘렸다.

내게 테이밍된 링링은 산성액을 겉 표피 속에 가두어 내게
아무런 해가 가지 않게 스스로 제어할 수 있으니 이렇게 귀여
운 애정 표현은 대환영이다.

"어? 막다른 골목이다."

링링과 나는 막다른 골목에 다다랐다.

아무래도 여기가 던전의 끝인 것 같았다.

여기저기 다 쑤시고 돌아다녀서 이제 더 이상 가볼 곳도 없
었다.

아쉽지만 링링의 성장은 3성에서 만족해야 할 터였다.

"그래도 이 정도면 어지간한 2레벨 1성 몬스터들은 상대할
수 있을 테니까 그만 돌아가자. 아, 그나저나 아직 이름도 안
정해줬네?"

테이밍한 소환수를 술법으로 아공간에 보관하려면 이름을
정해주어야 한다.

소환수의 이름을 부름으로써 공간의 술로 아공간에 가두기

도, 소환시키기도 할 수 있기 때문이다.

아, 이 아공간 역시 클래스가 올라감에 따라 규모가 커진다.

지금 내 아공간은 그다지 크지 않다.

링링 정도 되는 덩치의 녀석들을 한 100마리 정도 가두면 가득 찰 것이다.

그나저나 이름을 뭐로 하는 게 좋을까?

"분홍색 링링이니까 줄여서 분링이. 분링? 이거 억양이 좀 안 예쁜데. 분링… 분링… 블… 링! 블링 좋은데? 블링블링하잖아. 블링으로 하자! 네 이름은 지금부터 블링이다!"

"뀨우우—"

블링이가 해맑게 웃으며 몸을 파르르 떨었다.

"좋아. 그럼 오늘은 이만 들어가 쉬어. 술식, 봉(封). 블링."

블링이는 마치 블랙홀에 먹힌 듯 허공 속으로 슈르륵 빨려 들어가 사라졌다.

아공간에 보관된 것이다.

"맞다, 아공간도 확인 좀 해볼까."

테이밍한 몬스터들이 다 사라진 것으로 보아 열심히 키워서 잘 꾸며놓았던 아공간 역시 태초의 상황으로 돌아갔을 게 분명했다.

아공간 안으로 들어가는 데는 특별한 술법 같은 게 필요치 않다. 들어가겠다는 생각 한번 하는 것으로 내 집 드나들듯 아무 때나 왔다 갔다 할 수 있다.

지금처럼.

"허어."

내 눈앞의 광경이 전부 허물어져 내리고 30평 남짓한 회색빛 공간 하나가 나타났다.

이곳이 바로 내 아공간이다.

아무것도 없이 휑하기만 한 공간 안에는 블링이가 반가운 얼굴로 날 바라보며 몸을 통통 튕기고 있었다.

"직접 보니까 더 충격이야."

원래는 400평이 넘는 땅 위에 넓고 아름다운 정원과 웅혼하기 그지없는 저택이 떡하니 자리하고 있어야 한다.

그곳에서 백여 마리의 몬스터들이 자유롭게 뛰놀다 내가 나타나면 강아지 떼처럼 달려와 반겨주는 것이 일상이었다.

그런데 지금은 다 사라졌다.

넓은 땅도, 정원도, 저택도, 몬스터도.

황량한 땅 위에 블링이만 통통 뛰어다닐 뿐이다.

"하아. 내가 그 저택 짓는다고 얼마나 공을 많이 들였는데."

아공간으로 자재들을 나르는 것부터 설계 도면을 그려 몬스터들에게 건축을 시키는 일까지.

뭐 하나 녹록한 게 없었다.

그런데 몇 년간의 노력들이 전부 사라져 버리고 말았다.

"후, 어쩔 수 없지."

안타깝지만 다시 처음부터 하나하나 만들어 나가야 한다.

난 내 주변을 빙빙 돌며 튀어다니는 블링이의 머리를 쓰다듬어 주었다.

"조금만 기다려, 블링아. 곧 친구 많이 만들어줄 테니까."

"뀨웃!"

블링이는 미소로 화답했다.

계속해서 여기 있으면 속만 쓰릴 것 같아 밖으로 나왔다.

입장할 때 그랬던 것처럼 이번에는 아공간이 허물어지고 현실의 세계가 나타났다.

난 바지 주머니에 잘 모아두었던 링링의 꽃줄기를 꺼내보았다.

내 손에 죽어나가고 블링이한테 잡아먹힌 링링의 수는 전부 92마리. 한 마리당 5만 원씩 쳐주니까 비욘더 길드에 가서 팔면 460만 원을 받을 수 있다.

"그래, 이래야지."

하룻밤, 아니, 세 시간 만에 큰돈을 벌었다.

예전의 나였다면 꿈도 못 꿨을 일이다.

하지만 이제 이것은 현실이다.

던전의 입구로 향하는 내 걸음이 절로 가벼웠다.

돈을 벌어 온 아들내미를 보고 좋아할 아버지의 얼굴이 벌써부터 보고 싶었다.

Taming 4
비욘더 길드

　비욘더 길드는 전국 각 지역에 교회만큼이나 많이 퍼져 있다.

　난 버스를 타고 비욘더 길드 춘천 지부를 찾아갔다.

　비욘더 길드의 외관은 더없이 심플하다.

　다만 일반 상가 건물과 확실히 구별되는 차이점이 하나 있으니 외벽 전체를 보라색으로 칠해놓았다는 것이다.

　열 평 남짓해 뵈는 보랏빛 건물의 문 위엔 '비욘더 길드—춘천 지부'라는 간판이 달려 있었다.

　벌컥!

　검게 코팅되어 안팎이 완벽하게 차단된 유리문을 열고 들어섰다.

길드 내부는 외관처럼 소담했다.

업무용 데스크 하나와 손님 응대용 데스크, 그 주변에 놓인 소파, 정수기, 냉장고, 적당한 크기의 수납장과 큰 철제 캐비닛이 가구의 전부였다.

타닥. 타닥.

손님이 들어왔는데도 이 길드의 마스터인 듯 보이는 이는 커다란 컴퓨터 모니터 뒤에 숨어 알은척도 않고 키보드만 두들기는 중이었다.

"저기요."

"잠깐만요. 거의 다 끝났어요."

모니터 너머로 들려오는 음성은 여인의 것이었다.

탁.

경쾌하게 엔터를 두들기는 소리를 마지막으로 드디어 여인이 의자에서 일어섰다.

'호오. 제법 예쁘네?'

여인을 처음 보자마자 바로 든 생각이었다.

키는 나보다 머리 하나… 아니, 그보다 조금 더 작았고, 타이트한 검은 치마 정장에 하얀 블라우스를 입었다.

알이 작은 무테안경을 썼고, 갈색 긴 생머리가 허리까지 내려왔다.

인상은 상당히 차가웠다.

그럼에도 예뻤고, 몸매 역시 아주 잘빠진 여인이었다.

그녀가 감정이 싹 빠진, 절대적 영업용 미소를 띠며 내게 물었다.

"무슨 일로 오셨죠?"

"비욘더 길드에 가입하려고 왔는데요."

"비욘더이신가요?"

"네."

"계열은?"

"센서블."

"언제 각성하셨죠?"

"몇 달 됐어요."

지금 내가 1클래스 비욘더인데 오늘 각성했다고 하는 건 말이 안 되기에 대충 둘러댔다.

그러자 여인이 날 아래위로 훑어보더니 다시 물었다.

"근데 왜 이제야 등록하러 오신 거죠?"

"각성하자마자 바로 신고해야 한다는 걸 몰랐어요."

"아항~ 위법인 거 아시죠?"

"그것도 몰랐어요."

"어머나? 어디 과거나 미래에서 오셨어요? 상식 아닌가?"

상식이지.

비욘더들은 일반인과 달리 특수한 힘을 가진 이들이다.

그런 이들이 아무런 제재도 없이 힘을 막 사용하게 되면 사회는 혼란에 빠질 것이다.

해서 능력을 각성하게 된 이들은 전부 비욘더로 등록을 해야 하고, 국가의 통제와 감시를 받는다.

하지만 비욘더가 된다고 해서 반드시 길드에 가입할 의무는 없다.

길드에 가입하는 이들 중 대부분은 돈이 궁한 이들이다.

딱히 돈이 궁하지 않고 던전에 들어가는 위험한 짓을 하기 싫은 사람들은 비욘더 등록만 해놓고 살아가는 것이다.

물론 사회에서 그 능력을 이용해 범죄를 저지를 경우 엄격한 가중처벌을 받게 된다.

"워낙 세상 돌아가는 일에 관심이 없어서요. 아, 던전에서 몬스터 때려잡고 이거 가져왔어요."

대답과 함께 주머니에서 링링의 줄기 한 뭉텅이를 꺼내 보였다.

여인은 줄기를 탁 낚아채 가더니 테이블 위에 죽 늘어놓았다.

"이파리가 반 이상 없네요."

"링링이 잡다가 다쳐서 제가 좀 먹었어요."

"그럼 만 원 깎여요."

"왜요?"

"링링이 목값이 4만 원, 이파리값이 만 원이에요. 아실지 모르겠지만 링링이 이파리로 힐링 포션을 만들고 있거든요. 어다 보자, 하나 둘 셋 넷……. 6?만 원어치 해 드셨네요?"

어이고 아까워라.

앞으로 전리품은 있는 그대로 갖다 줘야지.

"그럼 현상금 계산하기 전에 가입부터 해야죠?"

"네, 근데 제가 뭐라고 불러야 될까요? 저기요? 그쪽? 아가씨? 헤이?"

내 농담에도 여인은 영업용 미소를 잃지 않고 자신의 왼쪽 가슴을 가리켰다.

"가슴은 왜요? 지금 성희롱하시는 거예요?"

"명함… 을 보라구요."

라고 말한 뒤, 그녀가 입을 소리 없이 움직였다.

'개자식아'라고 발음한 게 확실했다.

은색의 네모난 명함엔 '차서린'이라는 이름이 적혀 있었다.

"아, 서린 씨네요."

"그렇죠~ 그런데 아직 미성년자 아닌가요? 얼굴에 세상 시름이 그다지 묻어 있지 않은데?"

"맞아요."

"서린 씨보다는 '마스터 차'라고 불러주세요."

"뭔가 좀 카데이서 같은 어감 아닌가요?"

차서린의 얼굴에 어린 영업용 미소가 더 진해졌다.

그녀가 내게 얼굴을 바짝 들이댔다.

"문제 하나 낼 테니까 선택해 봐요, 우리 고딩~ 농담 따먹기 하다가 쫓겨날래요? 5분 안에 할 거 하고 웃으면서 나갈래요? 어느 쪽?"

허, 이 여인 포스가 장난이 아니네.

맘 같아서는 더 놀려먹고 싶은데 당장 아쉬운 건 내 쪽이니 져주는 척해 줘야지.

"후자가 좋겠네요, 마스터 차."

차서린이 내게 태블릿 PC를 건넸다. 액정에는 비욘더 길드 공식 사이트가 떠 있었다.

"사이트에 회원 가입하세요. 인적 사항만 적으면 되니까 어려운 건 없을 거예요. 잘할 수 있죠?"

그녀가 시키는 대로 인적 사항을 기입하던 와중, 전화벨이 울렸다.

다라라라라라라란!

차서린이 데스크 위에 놓인 무선전화를 받았다.

"비욘더 길드 춘천 지부 마스터 차서린입니다. 아~ 김 대표님. 안 그래도 전화드리려고 했는데. …네? 제가 잘못 들은 것 같은데 다시 말씀해 보시겠어요? 아, 입금일을 하루만 더 늘려달라구요? 벌써 이틀이나 사정 봐드렸는데. 전리품은 제 각제각 수거해 가시면서 자꾸 약속 어기시면 곤란해요. 어머나~ 그런 일이 있으셨구나? 그럼 들어드려야죠. 그럼요~ 다음 달부터 다른 거래처랑 일하면 되는 건데 뭐가 어려워요. 어머, 지금 소리 지르신 거예요? 호호, 어쩜 욕까지 이렇게 찰

지게 하실까? 이게 우리 마지막 대화가 될 거라는 거 직감하셨죠? 지옥에나 떨어져, 개자식아!"

쾅!

그녀는 엄청 터프하게 수화기를 내려놓는 것으로 통화를 끝냈다.

성격 진짜 장난 아니네.

"다 끝나셨나요?"

방금 누구 하나 잡아 죽일 듯 인상 쓰고 있던 안면을 미소로 싹 바꾸고 물어오는 그녀.

이쯤 되니 슬슬 재미있어지려 그런다.

난 태블릿을 차서린에게 돌려주며 말했다.

"여기요. 덕분에 재미있는 구경 했어요. 지킬 앤 하이드 같은 연극 한 편 보는 줄 알았네."

"즐거운 시간 되셨다니 다행이네요. 그쪽도 험한 꼴 당하기 싫으면 적당히 까불고 물어보는 것에나 조곤조곤 대답해 주세요. 센서블 계열이라고 했죠?"

"네."

차서린이 태블릿 피시를 톡톡 두들기며 계속 물었다.

"클래스는?"

"1이요."

톡톡톡톡.

"몇 달 만에 1클래스. 적당한 성장이네요. 포스 센서 들어

보세요."

"네?"

"테이블 위에 사과만 한 보라색 구슬이 포스 센서예요."

그녀가 눈짓으로 테이블을 가리켰다. 아, 저 구슬이 포스 센서라는 거야? 뭐, 본 적이 있어야지. 불친절하긴.

속으로는 투덜거리면서도 겉으로는 고분고분 포스 센서를 들었다.

그러자 구슬에서 환한 빛이 일더니 곧 1이라는 숫자가 떠올랐다. 마치 옛날 동화 속에 나오는 마녀의 구슬을 보고 있는 것 같았다.

"1클래스 맞네요."

이걸로 비욘더의 클래스를 측정하는 거구나.

"센서블 비욘더로 각성한 능력은?"

"유혹을 하죠."

"네? 무엇을요? 그쪽에 대한 제 호감도가 바닥을 치는 걸로 보아하니 이성에게 효력을 발휘하는 건 아닌 것 같고. 가전제품 따위라거나?"

"유혹해 드려요?"

"어머나, 연하들은 서툴러서 관심 없는데 어쩌죠?"

연하 같은 소리 하고 있네.

겉모습은 열여덟이지만 속은 스물여덟이거든, 이 아가씨야.

"그쪽은 되게 능숙한 것처럼 얘기하시는데, 시험해 봐도 돼요?"

"시험해 볼 수나 있겠어요? 저한테 잘못 걸리면 하루에도 열두 번씩 정신 못 차려요. 그쪽처럼 솜털도 다 안 벗어진 연하는 더더욱……."

차서린이 열심히 입을 놀리는 와중 난 그녀의 앞에 바짝 다가가 얼굴을 들이밀었다.

그녀가 흠칫하며 뒤로 물러나려 할 때, 두 팔로 어깨를 감싸는 척하며.

짝!

그녀의 등 뒤에다 박수를 쳤다.

차서린이 미간을 살짝 찌푸리고 날 노려봤다.

"아, 모기가 있어서."

"난 또, 오해하고 이 나라의 새싹을 밟아놓을 뻔했네요?"

차서린의 말에 아래쪽에서 한기가 느껴져 시선을 내리니 그녀의 무릎이 내 낭심 바로 밑에까지 올라와 있었다.

하, 보통 여자는 아니네?

차서린과 내 시선이 허공에서 얽히고설키며 스파크를 튀겨댔다.

우리는 누가 먼저랄 것도 없이 서늘한 비소를 머금고서 벌어졌다.

"그래서, 뭘 유혹한다구요?"

"몬스터를 유혹해요."

"아, 하긴. 사람을 유혹할 만큼 매력적이진 않으니 몬스터라도 유혹해야죠?"

"어? 그래서 누나를 유혹하려고 했던 건데."

톡톡…….

차서린이 다시 태블릿 액정을 두들기다 행동을 멈추고 내게 날카로운 시선을 던졌다.

"헛소리를 너무 귀엽게 해서 깨물어 죽여 버리고 싶네요. 호호. 아무튼 몬스터한테만 유효한 기술이라 이거죠?"

"더 정확하게 말하자면 유혹이라기보다는 정신 지배구요."

"오케이, 정신 지배."

톡톡톡톡.

갈수록 점점 더 재미있어지네.

"마지막 질문이에요. 비욘더 길드에 등록하러 온 이유는?"

"카레이서 누나랑 농담 따먹기 하려구요."

"마스터 차! …라고 했잖아요, 호호."

"어떤 대답을 원해요?"

"그냥 상투적으로 대답해도 돼요. 대부분은 지구 평화와 국가 존속을 위해 헌신하고 싶어서라고 말하죠. 간혹 돈 때문이라는 사람도 있고. 어떻게 적어드릴까요?"

"음… 카레이서 누나랑 농담 따먹기 하고 싶어서요."

"와~ 우리 고객님 쫓겨나고 싶으시구나?"

"제가 무슨 잘못을 했다구요? 난 그냥 말 몇 마디 하고 고분고분 시키는 대료 사이트에 가입한 것밖에 없는데? 아무 이유도 없이 쫓아내고 싶으면 그렇게 해요. 민원 넣으면 되지 뭐."

"호호호! 농담 한번 한 걸 가지고 더럽게 진지하게 받아치네요?"

톡톡톡톡.

"가입됐어요. 정식으로 비욘더가 되신 걸 축하드려요, 아진 군."

웃고 있는 차서린의 입가에 경련이 인다.

당장 한 방 먹이고 싶은 걸 꾹 참고 있다는 게 여실히 느껴졌다. 그러게 왜 먼저 사람을 긁어?

그래도 그녀는 프로페셔널이었다.

화가 난 와중에도 자기가 해야 할 일은 철저하게 해나갔다.

"링링을 사냥한 던전은 어디였죠?"

"익환고등학교요."

"거기는 김태하와 지동찬 군이 토벌하겠다고 콜이 떴었는데?"

"글쎄요? 모르겠어요. 제가 갔을 땐 아무도 없었어요."

…사실인가요?

"네."

벌금이나 처먹어라, 개새끼들.

"알겠어요. 오늘 여럿 지옥 구경하겠네. 그럼 이제 정산해 볼까요? 이파리가 없는 줄기 62개. 온전한 줄기 30개. 총 398만 원."

그래, 62만 원이 빠지긴 했어도 그 돈이 어디냐.

"여기에서 비욘더 연회비 100만 원과 보급형 던전 레이더 비용 50만 원 차감."

"얼레?"

"비욘더 길드의 시스템에 대해 궁금한 점이 있으면 비욘더 길드 홈페이지에 로그인해서 공지 사항을 보도록 하세요. 궁금하지 않더라도 보세요. 필수적으로 지켜야 하는 사항들이 있으니. 그리고 각각의 몬스터들을 사냥했을 때 무엇을 전리품으로 가져와야 환전해 주는지도 적혀 있어요."

"…알겠어요. 아무튼 그럼 남은 돈부터 어서 주…….."

"초보 비욘더들의 경우 의무적으로 힐링 포션 다섯 개를 구입해야 하니 구입비 100만 원 차감."

"힐링 포션이 하나에 20만 원이었어?"

"마지막으로 비욘더법에 의거 늦장 신고에 대한 벌금 50만 원 차감."

"벌금도 여기다 내요?"

"비욘더 법을 위반해 발생하는 벌금은 비욘더 길드에 수납해도 된답니다. 영수증 써 드릴게요."

계산을 끝낸 차서닛이 캐비닛에서 보라색 상자 하나를 가져왔다. 그리고 책상 서랍에서 돈 봉투를 꺼내 오만 원짜리 지폐 19장과 만 원짜리 지폐 3장, 벌금 딱지 영수증을 넣어 내게 건넸다.

"상자 안에는 손목에 찰 수 있는 시계 겸용 보급형 던전 레이더와 힐링 포션 다섯 개가 들어 있어요. 봉투에는 이것저것 제하고 남은 돈 98만 원 정확히 넣었구요. 더 물어볼 것 있나요?"

"저… 혹시 남자 친구 있어요?"

차서린이 피식 웃었다.

그런 식으로 작업 거는 사내새끼들 이미 한 트럭은 봤다는 승리자의 얼굴을 하고서 그녀가 내게 가소롭다는 듯 말했다.

"개인적인 질문은 받지 않습니다만, 그건 왜 물어봤죠?"

"없을 것 같아서요."

"……"

"그런 성격으로는 평생 남자 한 번 못 사귀다가 노처녀로 늙어요. 정말 걱정돼서 해주는 말이니까 귀담아들어요, 카레이서 누나."

난 히죽 웃고서 비욘더 길드를 나왔다.

닫히는 문 너머로 뭔가가 엄청나게 부서지는 소리가 들려왔다.

＊　　　　　＊　　　　　＊

버스 정류장 간이 의자에 앉아 하얀 상자를 개봉했다.

차서린이 말했던 대로 손목시계형 던전 레이더와 힐링 포션 다섯 병이 들어 있었다.

던전 레이더를 손목에 착용하고 힐링 포션들은 주머니에 챙겼다. 붉은색의 힐링 포션이 담긴 병은 유리 재질로 되어 있었고, 크기가 엄지손가락만 해 휴대가 간편했다.

하지만 용량이 작다고 무시해선 안 된다.

이 작은 힐링 포션 하나가 놀랄 만한 치유력을 자랑한다.

숨넘어가기 직전의 상황만 아니라면 뼈가 부러지거나 장기가 손상되거나 심각한 외상을 입은 정도의 상처는 빠르게 치료되기 때문이다.

물론 너무 심하게 다쳤을 때는 하나만 복용하는 것으론 힘들겠지만.

난 박스를 재활용 쓰레기가 쌓여 있는 곳에 버리고 돈 봉투를 열었다.

그런데 지폐 사이에 보랏빛 카드가 한 장 섞여 있었다.

꺼내보니 재질은 플라스틱이고 두께나 크기는 일반 명함과 똑같았다.

카드의 앞면에는 '정식 비욘더 자격증'이라고 적혀 있었고, 뒷면에는 내 이름과 바코드가 인쇄되어 있었다.

"언제 이런 걸 만들었데? 전혀 몰랐는데."

은밀하고 빠른 여인이군, 차서린.

명함과 돈을 지갑에 넣고 벤치에서 힘차게 일어섰다.

"으자자! 그래! 고작 98만 원이지만 무일푼이었던 루아진 인생에서 이 정도면 대단한 거잖아! 힘내자!"

이런, 너무 고무된 나머지 나도 모르게 크게 소리쳐 버렸다.

주변에 지나가던 사람들이 미친놈 보듯 힐끗거린다.

쿡쿡대며 웃음을 참는 여인도 보였다.

이럴 때는 얼른 자리를 뜨는 게 상책이다.

Taming 5
두 번째 던전

현재 지구라는 세상은 한마디로 엉망이다.

디멘션 임팩트 이후 던전이 열리면서 개판이 되어버렸다.

그나마 이지스 실드를 개발해서 이 정도의 사회가 유지되는 거지, 그조차 없었다면 이미 오래전 무법지대가 되었을 것이다.

한국에도 오로지 약육강식의 논리가 지배하는 야생의 세상이 도래할 뻔한 적도 실제로 있었다.

다행스럽게도 돌이킬 수 없는 전철을 밟기 전에 이지스 실드의 보급으로 정부는 다시 국가의 질서를 확립시킬 수 있었지만 완전한 회복은 어려웠다.

당시 국가를 전복시키고 힘의 논리가 지배하는 왕국을 세우려던 무리의 잔재들은 지금도 전국 각지로 흩어져 자신들만의 세력을 구축해 살아가고 있다.

때문에 어느 도시를 가더라도 그들의 독립적 영역인 무법지대가 존재하게 마련이다.

국가의 입장에서는 당연히 골칫거리일 수밖에 없다.

그러나 그들을 함부로 건드릴 수 없는 이유는, 그 세계를 통치하는 간부들이 하나같이 비욘더들이기 때문이다.

물론 마음 독하게 먹고 국가 소속 비욘더들을 보내 토벌하려 들면 못 할 것도 없겠지만, 막대한 손실을 감수해야 한다.

던전이 계속해서 빠르게 열리고 그 안에서 나타나는 몬스터들이 점차적으로 강해지는 와중에 이런 일로 비욘더들을 잃을 수는 없는 노릇이다.

불행 중 다행으로 뒷세계의 인간들도 전쟁이 일 만큼 큰 문제는 일으키지 않고 있었기에, 지금은 잠정적 휴전 상태라 볼 수 있었다.

하지만 그들은 언제 터질지 모르는 시한폭탄 같은 존재들이다.

그들은 스스로의 집단을 '레지스탕스'라 부른다.

레지스탕스의 큰손들은 몸을 사리는 상황이지만 잔챙이들은 여기저기서 살인, 강도, 강간 등의 사회적 문제를 일으키고 다닌다.

"말이 레지스탕스지. 그냥 깡패들이지, 그거."

혼잣말을 하며 걸음을 더 빨리했다.

얼른 아버지가 보고 싶었다.

아버지가 근무하는 아파트는 비욘더 길드에서 그다지 멀지 않다.

걸어서 15분쯤 걸린다.

아파트로 향하는 중간에 아웃도어 브랜드 매장에 들러 트레킹화 하나를 샀다.

이왕 사는 거 가장 좋은 34만 원짜리로 질렀다.

번 돈의 3분의 1이 넘게 나가는 거지만 괜찮다. 난 이제부터 계속해서 돈을 벌 테니까.

무엇보다 힘들게만 사신 아버지한테 드리는 선물이다. 아낄 이유가 없다.

한 손엔 트레킹화가 든 종이백을 들고 신이 나서 걸었다, 아파트 단지에는 금세 도착할 수 있었다.

아버지는 경비실에서 홀로 앉아 스마트폰을 보고 계셨다.

아마 DMB를 시청하고 있을 것이다.

왜? TV가 없으니까.

동대표가 경비원분들에게 유일한 낙인 TV를 업무 집중에 방해가 된다는 이유로 한 달 전 떼어 갔단다. 세상에 이런 아파트는 아버지도 경비 생활을 하다 처음이라고 혀를 내둘렀다.

하지만 어쩌겠는가.

힘없는 아버지는 잘리지 않은 것이 그나마 다행이라며 계속해서 경비 일을 나가고 계신다.

'이런 생각을 10년 만에 다시 해보게 될 줄이야.'

오랜만에 아버지를 본다는 생각에 가슴이 벅차올랐다.

하지만 아버지가 이상하게 생각하실까 봐 최선을 다해 마음을 가라앉혔다.

경비실에 살금살금 다가가서 창문을 똑똑 두들겼다.

아버지가 자리에서 벌떡 일어나 내 쪽으로 고개를 돌렸다.

"아부지! 헤헤."

내가 반갑게 웃으며 손을 흔들자 아버지의 얼굴에 미소가 가득 피어올랐다.

"아진아."

후다닥 경비실 안으로 들어가니 아버지가 반갑게 물었다.

"뭐하러 왔어?"

"그냥, 아부지 보고 싶어서 왔지."

"다 큰 놈이 무슨."

허허 웃는 아버지의 얼굴을 보고 있자니 눈물이 왈칵 쏟아지려 했다.

나는 그 모습을 들키기 않으려고 들고 있던 종이 백을 내밀었다.

"아부지, 이거!"

"응? 이게 뭐냐?"

"열어봐요."

아버지가 궁금해 하며 종이 백을 열었다. 그리고 안에 들어 있는 트레킹화를 보더니 눈이 휘둥그레졌다.

"어? 이거 비싼 신발이잖아?"

"트레킹화예요."

"트레킹화? 그거 제법 비쌀 텐데?"

"아들이 주는 선물이니까 그냥 받아요."

"네가 돈이 어디 있어서 이런 걸 사?"

"아부지가 준 용돈 안 쓰고 계속 모았죠."

그래, 열심히 모았다.

몇 년 동안 모은 용돈을 단 두 달 만에 김태하에게 모조리 빼앗겨서 문제지.

아마 빼앗기지 않았다면 당시에도 이런 트레킹화 하나 정도 는 충분히 사 드릴 수 있었을 텐데.

"이렇게 비싼 거 필요 없는데."

말은 그렇게 하시면서 입꼬리가 살짝 올라가 있는데 엄청 좋아하는 눈치나.

하지만 여전히 부담스러워서 대뜸 잘 신겠다는 말이 안 나 오시는 모양이다.

"아부지가 생각하는 것만큼 비싸지 않아요. 그거 몇만 원밖에 안 하는 거예요."

"몇만 원? 그것도 적은 돈은 아니지."

"아들이 아부지 위해서 처음으로 주는 선물인데 그냥 받아주면 안 돼요?"

"…그래 뭐. 선물인데 또 너무 마다하면 그렇지? 잘 신을게, 아진아. 엄청 좋아 보인다, 이거. 한 10년은 신겠다."

별거 아닌 말이다.

그런데 그 말이 내 가슴을 쿡 하고 찌른다.

괜히 눈물이 핑 돌아서, 오버하며 호들갑을 떨었다.

"에, 에이. 아부지! 10년이 뭐야! 내가 한 달에 하나씩 사줄게!"

"어유, 뭐하러 그렇게 자주 사?"

"그, 그럼 일 년에 한 번씩 사줄게요. 그러니까 아끼지 말고 팍팍 신어요. 알았지?"

"그래, 알았다. 고맙다, 잘 커줘서."

"아부지가 잘 키웠죠."

"웅? 근데 너 옷이 왜 그러냐? 팔 한쪽은 어디 갔어?"

"어? 아, 이거 저기… 오다가 못 같은 데 걸려서 찢어졌어."

"무슨 못에 걸렸다고 팔 하나가 다 찢어져?"

"어… 되, 되게 걸렸어."

"아진아. 너 혹시 친구들한테 왕따 같은 거 당하는 거 아니지?"

느닷없이 예리하게 찔러 들어오는 아버지의 질문에 찔끔했지만 최대한 태연한 척 얼버무렸다.

"에이, 아니에요. 제가 학교생활 얼마나 잘하고 있는데요."

"그럼 다행이다만……."

"아, 그리고 아부지! 오늘도 하루 종일 김칫국만 먹었지?"

"그거면 됐지, 뭐."

아버지는 늘 김칫국과 밥을 도시락으로 싸 갖고 다닌다.

경비 일이라는 게 격일제 24시간 근무이다 보니 한 번 일을 나가면 세끼를 밖에서 해결해야 한다.

그래서 밥 사 먹을 돈을 아끼려고 꼬박꼬박 도시락을 챙기는 것이다.

한데 김칫국도 하루 이틀이지, 아버지는 벌써 5년 동안 일나갈 때마다 김칫국만 드셨다.

김칫국 자체도 그냥 김치에 물 넣고 조미료 넣고 대충 끓인 것이다.

아버지가 바쁠 땐 내가, 내가 바쁠 땐 아버지가 한 솥 가득 끓여놓는다.

난 지갑에서 오만 원짜리 두 장을 꺼내 아버지께 내밀었다.

아버지는 그걸 보고서 눈을 휘둥그레 떴다.

"이게 뭐냐?"

"이번에 단기 알바 해서 번 돈이에요."

"단기 알바? 그런 것도 했었어?"

"네."

이건 거짓말이 아니다.

난 고2가 되면서부터 시간이 날 때마다 단기 알바를 열심히 뛰었다.

하지만 한 번도 아버지한테 돈을 못 갖다 드린 건 전부 태하에게 빼앗겼기 때문이다.

"네가 힘들어서 번 돈을 어떻게 받아. 그리고 너무 많다. 잘 저금해 놔."

"받아요, 아부지!"

난 우격다짐으로 아버지에게 돈을 쥐여주고서 얼른 경비실을 나섰다.

"아진아! 돈 가져가!"

"아부지도 여태껏 혼자 벌어서 저 먹여 살리셨잖아요! 이젠 제가 벌어서 아버지 모실게요!"

"알았으니까 돈 가져가!"

"김칫국 그만 드시고 맛있는 거 사 드세요! 갈게요!"

난 아버지가 더 잡지 못하게 후다닥 달려 나왔다.

*　　　　　*　　　　　*

버스를 타고 집으로 돌아가던 와중.

띠링.

던전 레이더에서 알림음이 울렸다. 확인해 보니 새로 열린 던전에 대한 정보가 떠 있었다.

　　─위치 : 후평동 소방서 사거리
　　─감지되는 몬스터 레벨 : 1레벨
　　─콜을 받으시겠습니까? [Yes/No]

이렇게 빨리 콜을 받게 될 줄이야!

난 지체 없이 예스를 눌렀다.

'제발 내가 제일 빨랐기를.'

나보다 먼저 콜을 받은 사람이 있다면 이 임무는 그에게 배당된다.

　　─콜을 받으셨습니다. 30분 내로 던전에 도착하세요. 30분이 지나도 비욘더님의 GPS상 위치가 던전 근처로 뜨지 않으면 콜은 자동 취소됩니다. 아울러 던전 입장 후 5시간 이내 토벌 완료 못 할 시, 위기 상황으로 간주, 비욘더를 추가 투입합니다.

"오케이, 그런 시스템이군."

난 버스에서 내려 택시를 타고 던전이 열린 장소로 향했다.

기사님은 던전에서 한참 떨어진 곳에 나를 내려주었다. 기본적으로 일반인들은 던전 근처에도 가지 않으려 한다.

이지스 실드가 몬스터를 나오지 못하도록 막아준다고 하지만, 그래도 일반인에게는 불안하게 마련이다.

게다가 던전이 형성되는 구간은 불안정한 에너지가 감지된 순간부터 전면 통제된다.

소방서 사거리도 크게 아가리를 벌린 던전 주변으로 바리케이드가 쳐져 이미 통행이 금지된 상태였다.

난 바리케이드를 넘어 던전 안으로 들어섰다.

던전 내부는 링링을 만났던 던전과 크게 다를 게 없었다.

1레벨 몬스터가 등장하는 던전은 다 이런 식인 모양이다.

"여긴 어떤 녀석이 있을까."

누가 나와도 좋다.

개체수가 많으면 더 좋다.

그만큼 내가 성장할 수 있다는 얘기니까.

던전을 5분 정도 걸어 들어갔을 때였다.

"토톳!"

몬스터의 목소리가 들려왔다.

"토토톳!"

이건 톤톤이다!

내 예상대로 저 앞에서 모습을 드러낸 톤톤이 날 경계하며 다가오고 있었다.

녀석의 손톱은 뾰족하게 날이 서 초록색으로 물들어 있었다.

마비독을 머금고 있는 것이다.

딱 내 허리만큼 오는 키에 어린아이와 비슷한 신체 구조를 가진 말라깽이 몬스터가 붉은 눈을 희번덕거렸다.

"만나서 반갑다, 톤톤아."

"토톳!"

톤톤은 함부로 달려들지 않았다.

링링이 그랬듯, 녀석도 내 포스를 느낄 수 있기 때문이다.

"안 오면 내가 가야지. 소환, 블링!"

우렁찬 외침에 환한 빛 무리와 함께 블링이 나타났다.

"뀨웃!"

블링이는 내 다리에 몸을 문지르며 애교를 떨었다. 그러다 톤톤을 발견하고서는 몸을 한 번 타라랑 떨었다.

블링이가 눈을 사납게 뜨고서 톤톤을 노려보았다.

"블링아. 저거 잡아. 단, 코어는 흡수하지 마라."

톤톤의 코어는 심장 안에 박혀 있다.

내 명령을 알아들은 블링이 제자리에서 탕 뛰었다.

"뀨웃!"

"잡아!"

링링이 용감무쌍하게 톤톤을 향해 뛰어나갔다.

통통통통!

1성의 링링은 꾸물럭거리며 몸을 늘어뜨려 달팽이처럼 바닥을 기어 이동하지만 3성이 되면 탱탱볼처럼 저렇게 뛰어다니는 것이 가능해진다.

블링은 농구공처럼 몸을 튕겨 순식간의 톤톤의 코앞까지 다가갔다.

"토톳!"

톤톤이 화들짝 놀라 손톱을 휘둘렀다.

하지만 블링이는 그것을 우습게 피하고서 몸을 채찍처럼 뻗어 톤톤의 목을 휘감았다.

치이이이익!

강력한 산성액에 톤톤의 목이 그대로 녹아 몸에서 분리되었다.

툭. 데구르르르.

톤톤의 머리가 땅에 떨어졌다.

머리가 잘려 나간 몸뚱이는 목에서 초록색 피를 뿜어내더니 천천히 쓰러져 경기를 일으켰다.

블링이 그런 톤톤의 왼쪽 가슴을 녹여, 몸의 일부를 사람의 손가락처럼 만들어 심장을 꺼내 왔다.

"잘했어, 블링아."

난 블링이의 머리를 쓰다듬어 주고 톤톤의 심장에서 코어를 꺼내 삼켰다.

꿀꺽!

식도를 타고 넘어간 코어에 담긴 포스가 내 고리 안으로 스며들어 갔다.

"좋아, 아주 수월해."

역시 같은 1레벨 몬스터라도 1성과 3성의 차이는 어마어마
하다.

난 블링이와 함께 계속해서 앞으로 걸어 나갔다.

Taming 6
메가 코어

삼십 분 동안 톤톤을 스무 마리가량 잡았다.

녀석들에게서 추출한 코어를 꾸준히 먹고 있지만 아직 두 번째 고리의 포스는 10분의 1 정도밖에 차오르지 않았다.

"이래서야 답이 나오질 않는데."

그때 톤톤 세 마리가 달려와 앞을 가로막고 섰다.

"토토톳!"

"토못!"

"블링아. 네가 두 마리. 내가 한 마리. 돌격!"

"리리링!"

블링이 쏜살같이 앞으로 튀어 나갔다.

그러는 사이 난 포스의 힘으로 마법을 시전했다.

"파이어 애로우!"

화르륵! 쐐애애액! 퍽!

허공에서 나타난 화염의 화살이 톤톤의 얼굴로 빠르게 날아갔다.

그대로 있으면 안면 가죽이 다 타버릴 판이었다.

하지만 톤톤은 특유의 재빠른 움직임으로 파이어 애로우를 피했다.

하나, 완벽하진 않았다.

파이어 애로우가 톤톤의 왼쪽 뺨을 그을리고 지나갔다.

치직!

"토톳!"

톤톤이 고통에 놀라 펄쩍 뛸 때 이미 나는 녀석에게 달려가고 있었다.

1클래스의 포스를 얻게 되면서 힘과 민첩성이 전보다 배 이상 발달했다.

그렇다고는 해도 포스를 육신의 힘으로 사용하는 동급 클래스 피지컬 비욘더들에 비하면 한참 모자란 수준이지만 당황하고 있는 톤톤 정도는!

뻐억!

"토옷!"

콰당탕!

제압할 수 있다.

내 발에 옆구리를 걷어차인 톤톤이 그대로 날아가 바닥을 굴렀다.

난 놈이 일어서려는 찰나 다시 다가가 명치를 걷어찼다.

뻑!

"톳!"

톤톤이 독이 바짝 오른 손톱을 휘두르며 다시 나자빠졌다.

난 녀석의 턱을 뒤꿈치로 찍어 내렸다.

콰직!

턱이 으스러지는 소리와 함께 놈의 눈이 풀렸다.

헤롱거리며 정신을 차리지 못하는 녀석에게 다시 파이어 애로우를 시전했다.

화르륵! 퍼어억!

이번엔 제대로 얼굴에 작렬했다.

바로 코앞에서 날아가 메다꽂혀 버린 파이어 애로우의 위력은 톤톤에게 충분히 치명적이었다.

놈의 얼굴은 알아보기 힘들 정도로 일그러졌고, 피부가 타들어가며 녹아내렸다.

하지만 아직 죽지는 않았다.

"파이어 애로우."

이번에는 목에다 다시 한 번 시전했다.

목에 바람구멍이 생긴 톤톤은 비로소 절명했다.

"리링!"

그 무렵 블링이는 이미 톤톤 두 마리를 잡아 심장을 꺼내 다가왔다.

"고마워, 링링. 이 녀석 심장도 꺼내줘."

"링!"

블링이에게 건네받은 두 개의 심장에서 코어를 추출해 삼 켰다.

그러는 사이 블링이는 내가 잡은 톤톤의 심장도 꺼내 왔고, 그 안에 들어있는 코어 역시 추출해 입으로 집어넣었다.

꿀꺽!

"이거 정말 감질맛 나서 원……."

난 입맛을 다시며 중얼거렸다.

그런데 갑자기 식도에서부터 어마어마한 에너지 덩어리가 폭발하는 게 느껴졌다.

"어?"

뭐야.

이런 하급 몬스터의 코어에서 느껴질 수 있는 포스의 양이 아닌데?

내가 의구심을 느끼는 와중에도 거대한 포스는 계속 내 심 장의 두 번째 고리로 흡수되고 있었다.

그 양이 얼마나 많은지 한참을 빨아들여도 끝이 나질 않았 다.

대체 무슨 일이 벌어진 거지?

"아… 이거 설마, 메가 코어(Mega Core)?!"

메가 코어.

어마어마하게 거대한 양의 포스를 담고 있는 코어를 말한다.

메가 코어를 갖고 있는 몬스터의 비율은 전체의 천분의 일 정도밖에 되지 않는다. 그리고 메가 코어를 가진 몬스터들은 바로 후대 여왕의 후계자다.

여왕의 자질을 가지고 있는 몬스터들만이 메가 코어를 가지고 태어나는 것이다.

이 몬스터들을 프린세스라 부른다.

프린세스들은 성체가 되어가며 서로 여왕의 자리를 놓고 경합을 벌인다.

그 경합이란 서로 물고 뜯고 싸우는 것이 아니다.

가뜩이나 수가 적은 프린세스들인데, 그러다 모두 죽어버리면 문제가 심각해지기 때문이다.

몬스터들은 여왕이 있어야 종족의 보존이 가능하다.

따라서 프린세스들은 얼마나 많은 수컷들을 유혹하느냐로 경합을 벌인다.

그 경합에서 승리한 프린세스는 차세대 여왕, 몬스터 퀸이 되어 모든 수컷을 다스린다.

반면 경합에서 진 프린세스들은 스스로 목숨을 끊어버린다.

몬스터들의 세계에서 여왕은 하나면 족하다.

비슷한 힘을 가진 다른 존재가 있으면 종족 내에 분파가 생길 수도 있다.

그것은 종족의 보존에 결코 도움이 되지 않는다.

따라서 자결하는 것이다.

그만큼 몬스터들은 종족 보존을 최우선의 가치로 여긴다.

그리고 지금 내가 죽인 녀석이 톤톤족의 프린세스 중 하나였다.

포스는 끊임없이 흘러들어 왔다.

그러다 마지막으로 갈무리하는 순간!

차아앙—!

놀랍게도 두 번째 고리가 가득 채워졌다.

"하, 이래도 되는 거야?"

전율이 일어 전신이 파르르 떨렸다.

기연도 이런 기연이 없다.

운 좋게 프린세스 몬스터를 잡아 엄청난 노가다가 필요했을 판을 단숨에 뒤집었다.

일전에도 말했지만 1클래스와 2클래스 사이의 갭은 어마어마하다.

단적으로 예를 들어 1클래스 피지컬 비욘더 다섯 명이 2클래스 피지컬 비욘더 한 명을 잡기가 힘들 정도다.

물론 싸움에는 변수라는 것이 발생하고 자신이 가진 힘을 얼마나 유용하게 사용하느냐에 따라서도 상황은 종종 변하지만 대략 그렇다는 것이다.

그런데 여기서 더 중요한 사실.

나는 어설프게나마 포스로 마법도 부리고 무투술에 이용할 줄도 안다.

즉 전공은 센서블 비욘더지만 부전공으로 피지컬 비욘더와 매지컬 비욘더의 기술도 익힌 만큼 2클래스로 업그레이드하는 순간 수십 배는 더 강해진다는 것이다.

가슴에 충만한 2클래스의 포스가 날 뿌듯하게 만들었다.

온몸에 넘쳐흐르는 힘을 만끽하고 있자니 자연스레 김태하와 지동찬의 얼굴이 떠올랐다.

김태하는 2클래스, 지동찬은 1클래스 피지컬 마스터다.

그 정도 수준의 녀석들은 지금의 나라면 얼마든지 찜 쪄 먹을 수 있다.

"너희들 손봐주라고 하늘이 날 도우시는구나."

말을 하며 죽어버린 톤톤의 시체에서 엄지손톱 여섯 개를 전부 뽑아 주머니에 넣었다.

엄지손톱을 챙기는 이유는 톤톤을 잡았다는 증거가 되기 때문이다.

톤톤의 손톱은 모양이 특이하고 연한 풀빛을 띤다.

그래서 엄지손톱 한 쌍을 모아 와야 톤톤 한 마리를 잡았다고 인정해 준다.

하나만 챙겨 가서는 카운트를 해주지 않는다.

"하, 예전에는 그저 쓸데없는 지식이라고 생각했는데 이번 생에 이런 게 도움이 될 줄이야."

내가 전생에 비욘더가 아니었음에도 비욘더 시스템에 대해 이렇게 잘 알고 있는 건, 이미 이 세상엔 비욘더들의 일상이 충분한 화젯거리였기 때문이다.

사람들은 누구든 비욘더가 되고 싶어 했다. 그래서 서점엔 비욘더가 되는 방법에 대한 서적들이 가득했다. 그리고 그들의 일상과 비욘더 길드의 시스템에 대해 저술한 서적도 많았다.

난 그런 것들을 열심히 읽었다.

물론 돈이 없으니 사서 읽진 못했다.

서점에 찾아가 책을 고르는 척하며 도둑 독서를 했었다.

그런 노력들이 지금에 와서 빛을 발했다.

"그럼 이제 톤톤을 테이밍해 볼까?"

블링이를 성장시키는 것도 좋지만, 같은 종족을 먹지 않고 다른 종족을 먹으면 성장도가 느리게 올라간다.

그러니 차라리 톤톤을 테이밍해 성장시키는 것이 낫다.

"자, 그럼 네 친구 만들러 가보자! 블링아!"

"링링!"

*   *   *

얼마 가지 않아 톤톤 한 마리가 나타났다.

톤톤은 나와 블링이를 보고 잔뜩 경계하며 손톱을 세웠다.

난 블링이에게 눈으로 신호를 주었고, 링링은 알았다는 듯 헤죽 미소 짓더니 톤톤에게 천천히 다가갔다.

"뀨웃?"

"…톤?"

블링이가 적의를 드러내지 않고 다가서며 말을 걸자 톤톤이 약간 경계심을 풀었다.

전에도 말했다시피 링링과 톤톤은 본래 서로 우호적인 몬스터들이다. 그들은 상대방의 목소리에서 안정감을 느낀다.

때문에 지금 같은 상황이 가능한 것이다.

톤톤의 반응에 용기를 얻은 블링이가 전보다 더 밝은 톤으로 말을 건넸다.

"뀨우웃!"

"토톳?!"

톤톤이 믿을 수 없다는 듯 나와 블링이를 번갈아 보았다.

"뀨우! 꾸웃!"

"…톳?"

"뀨웃!"

"토옷……."

두 녀석이 한참 대화를 하다 말고 동시에 날 바라봤다.

난 부드럽게 미소 지으며 톤톤에게 손을 흔들어주었다.

톤톤이 의심스레 날 관찰하다가 다시 블링이에게 말을 걸었다.

"토토톳! 토톳! 톳! 토톳! 토로로톳!"

그러자 블링이가 제자리에 탕탕 뛰어가며 열변을 토했다.

"뀨우우우! 뀨웃! 뀨! 뀨뀨우! 뀨뀨! 뀨우우웃! 뀨웃!"

하더니 갑자기 토라진 듯 몸을 옆으로 휙 돌려 버리는 블링이! 그에 톤톤이 화들짝 놀라 블링이의 몸을 손으로 살짝 건드렸다.

"…토톳?"

"뀨웃!"

블링이는 눈까지 딱 감고서 몸을 더 틀어 이제는 톤톤을 완전히 등졌다.

톤톤의 귀가 아래로 축 늘어졌다.

톤톤은 무언가 심각하게 고민하더니 한숨을 푹 쉬고서 블링이의 어깨를 툭 건드렸다.

"토옷……."

그러자 블링이가 한쪽 눈만 슥 뜨고서 톤톤을 바라봤다.

"뀨웃?"

톤톤은 배시시 웃으며 고개를 끄덕였다.

그제야 블링이가 활짝 미소 짓더니 제자리에 탕! 뛰어올랐다.

"뀨우!"

블링이와 톤톤은 나란히 내 앞으로 다가왔다.

여전히 톤톤은 날 경계하는 눈치였지만 블링이가 톤톤의 허리에 뺨을 문지르자 이내 경계를 풀고 말했다.

"토토톳. 토톤."

뭐, 뉘앙스로 보니 내 소환수가 되겠다고 하는 것 같다. 적 대감이 완전히 사라져 내게 약간의 호의까지 보이고 있으니 테이밍을 하기에는 최적이다.

"술식, 지배!"

포스가 정신 에너지로 바뀌어 톤톤을 휘감았다.

그러자 톤톤의 눈동자가 정신없이 떨리더니 이내 흐리멍텅 해졌다. 자의식이 사라진 것이다. 곧 녀석의 정신은 내게 완전 히 지배되었다.

톤톤이 눈에 다시 초점이 잡혔을 때, 날 바라보는 놈의 시 선에 애정이 듬뿍 담겨 있었다.

"좋아, 이걸로 두 마리."

잃어버렸던 몬스터들을 다시 하나하나 테이밍해 가는 것이 제법 재미가 쏠쏠했다.

"음 내 이름은 긱스니끼 꼬맹이로 히기."

"토톳!"

꼬맹이는 내가 뭐라고 하든 그저 좋아서 고개를 끄덕이더 니 폴짝 뛰어올라 내 품에 안겼다. 그러고는 뺨을 마구 부벼

대는데, 피부가 거칠거칠해서 사포에 갈리는 느낌이다.

"꼬맹이, 내려가!"

"톳!"

톤톤은 내 명령에 얼른 내려섰다.

"옳지, 착하다."

그럼 지금부터는 꼬맹이의 성장에 총력을 기울인다.

"가자, 블링아! 꼬맹아!"

"뀨웃!"

"토옷!"

*　　　*　　　*

던전에 들어와서 두 시간 동안 잡아 죽인 톤톤이 전부 110마리.

그중 80마리의 코어는 꼬맹이를 성장시키는 데 사용했다.

그 결과 꼬맹이는 블링이처럼 3성까지 진화를 했다.

키가 머리 하나 정도 더 컸고, 뼈다귀 같던 몸에도 근육이 붙어 힘이 세졌다.

민첩성은 기존의 두 배 정도 늘었다.

손톱이 훨씬 단단하고 날카로워졌으며 마비독이 부패독으로 변했다.

이제 손톱에 찔리거나 베이면 그 부분이 바로 썩어버린다.

꼬맹이도 블링이만큼 든든한 몬스터로 성장했다.

던전에는 더 이상 몬스터가 없었다.

던전 레이더가 몬스터 반응을 감지하지 못하고 있으니 확실했다.

이것으로 두 번째 던전도 클리어.

바지 주머니에는 톤톤의 엄지손톱 110쌍이 수북이 담겨 있었다. 그 양이 하도 많아서 억지로 욱여넣어 자칫 잘못하면 터질 지경이다.

"얼른 길드에 가서 환전해야겠다."

난 블링이와 꼬맹이를 봉인시키고 던전을 나왔다.

이미 하늘은 먹먹한 어둠이 내려 있었다. 차가운 가을 밤공기가 뺨을 스치고 지나갔다.

"보고해야지."

던전 레이더의 사용법 역시 예전에 읽었던 서적으로 숙지하고 있는 터다.

붉은색 버튼을 누르자 전화 연결음이 들리더니 이윽고 다정함을 억지로 연출한 음성이 이어졌다.

—비욘더 길드 춘천 지부 마스터 차서린입니다.

차서린이었다.

"카레이서 누나! 루아진이에요~"

빠직!

스피커 너머로 차서린의 핏대 서는 소리가 들려오는 것 같다.

―아! 예의범절이라고는 뱁새 발가락의 때만큼도 없는 아진 군! 던전 클리어하셨나요?

"그럼요! 그간 남자 친구는 생기셨어요?"

빠지직!

이번에 들린 소리는 느낌 같은 게 아니다.

스피커에서 정말 뭔가 부서지는 소리가 들려왔다.

―어머, 아진 군이 별걸 다 신경 써주네요? 되도록 사무적 인 것 외에는 관심 갖지 말아줄래요?

타타닥. 탁탁.

차서린의 음성에 키보드 두들기는 소리가 섞여 있다.

그녀는 내게 신경질을 내는 와중에도 자기 할 일은 충실히 하고 있었다.

―던전에 몬스터 반응 잡히지 않네요. 접수됐어요. 전리품 가지고 와서 환전해 가세요. 아! 그리고 자꾸 개인적인 질문 하 지 말아주세요. 우리가 가… 족. 같. 은. 사이도 아니잖아요?

뚝.

통신은 그렇게 끊겼다.

근데 방금 욕한 거 맞지, 이 여자?

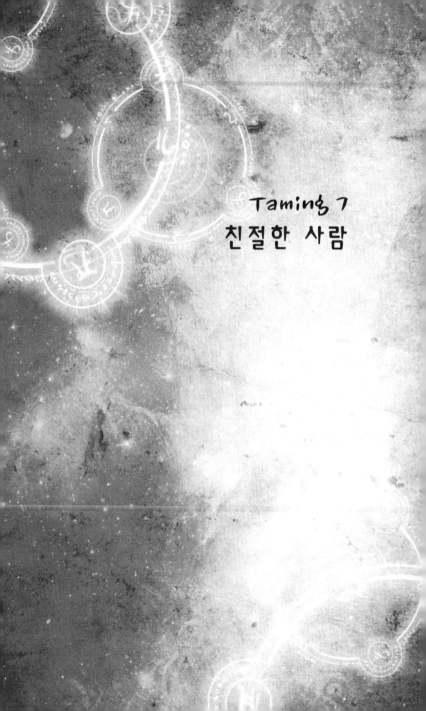

Taming 7
친절한 사람

"하루 동안 두 번이나 보니까 정들 것 같지 않아요?"

"하루 동안 두 번씩 볼 만큼 썩 유쾌한 얼굴은 아닌걸요?"

차서린은 내 농담을 받아치며 분주하게 톤톤의 손톱 개수를 셌다.

"총 110쌍 맞네요. 톤톤은 두당 6만 원씩. 총 660만 원 지급해 드릴게요. 이번에도 현금으로 드릴까요? 통장?"

"현금으로 주세요."

아직 통장 같은 게 없다.

이번에 돈을 받으면 내일 한 계좌 개설해야겠다.

차서린은 백만 원짜리 수표와 십만 원짜리 수표를 각각 여섯 장씩 봉투에 담아 내게 건넸다.

"좋은 곳에 쓸게요."

"그러세요."

"아! 그리고 저 2클래스 됐어요."

"…뭐?"

어? 방금 반말했어?

차서린은 자신의 잘못을 금방 인지하고서 고개를 살짝 젓더니 다시 물었다.

"네?"

"2클래스 됐다구요."

"재미없는 농담은 사양하고 싶은데 어쩌죠?"

"농담 아닌데 어쩌나?"

말을 하며 테이블에 있던 포스 센서를 들어 올렸다.

포스 센서는 내 포스를 가늠하며 환한 빛을 발했다. 그때까지도 차서린은 내게 의심스러운 시선을 보냈다.

만약 내 말이 거짓이라면 가만두지 않겠다는 무언의 협박이 그 시선 속에서 확연히 담겨 있었다.

그러나 나는 거짓말을 한 적이 없다.

포스 센서에 나타난 2라는 숫자가 그것을 증명해 주었다.

"봤죠?"

차서린의 눈동자가 포스 센서에 고정되었다.

길드 안에 잠시 무거운 침묵이 내려앉았다.

"몇 달 만에 1클래스가 된 거 확실한가요?"

"네."

"근데 갑자기 2클래스가 됐다구요?"

"그러지 말란 법 있어요?"

"일반적인 상식선에서 너무 벗어나는 일이라 선뜻 믿어지지가 않네요. 혹시 처음부터 저한테 속인 정보 같은 게 있으시다거나?"

"에이, 그런 거 없어요."

"에이, 있는 것 같은데."

"제가 여기 오래 있었으면 하나 봐요?"

"…알겠어요. 토벌할 수 있는 던전 레벨을 상향시켜 드리죠."

내 말을 믿는다기보다는 상대하기 귀찮으니 거짓말에 그냥 속아주겠다는 말투다. 그러거나 말거나, 난 상향된 던전에 입장할 자격만 얻으면 그만이다.

그게 돈 버는 지름길이니까.

돈 냄새가 풀풀 풍기는 봉투를 품안에 넣고서 차서린에게 작별 인사를 건넸다.

"앞으로도 잘 부탁해요, 카레이시 누나."

내가 길드를 나서려 할 때였다.

갑자기 문이 벌컥 열리더니 검은 정장을 입은 남자 한 명이 후다닥 달려 들어왔다.

"아슬아슬하게 세~ 이프!"

제법 샤프하게 생긴 남자는 외모와 달리 방정맞은 목소리로 양팔을 좌우로 쫙 벌리며 호들갑을 떨었다.

그런 남자에게 차서린이 차갑게 쏘아붙였다.

"10분 지각했어. 눈 없어?"

"우리 사이에 10분 정도는 그냥 넘어가 주라."

"우리 사이? 어떤 사이. 비즈니스적 관계? 회사에서 나가면 사적으로 연락 안 하는 남남? 골라봐."

"에이, 왜 그래. 서운하게. 늦어서 미안해. 사적으로 연락 안 하는 것도 인정! 그래도 5년을 함께 일했는데 이제 좀 다정해질 때도 됐잖아?"

"네 할 일을 열심히 했다면 사람 정도로는 봐줬겠지."

오가는 대화를 들어보니 남자도 이곳의 길드 마스터로 야간 일을 하는 모양이다.

비온더 길드는 24시간 영업을 하니, 교대할 사람이 필요하다.

차서린이 계속해서 독설을 쏟아붓자 남자가 두 손을 모으고서 고개를 푹 숙였다.

"알았어, 미안해! 내가 죽을죄를 졌어! 그만 화 풀고 교대……."

"죽어 그럼."

뻐억!

"끄악……!"

순간 차서린이 사과하는 남자의 다리 사이에 무릎을 박아 넣었다.

인정사정없이 무자비한 일격이었다.

남자는 차마 말로 설명할 수 없는 곳을 움켜쥐고 허물어졌다.

와아, 고자 된 거 아니야?

"너, 너무해……."

고통에 숨이 넘어가는 남자를 뒤로하고 차서린은 백을 챙겨 그대로 나가 버렸다.

그런데… 방금 차서린이 니킥을 먹일 때 본의 아니게 그녀의 속옷을 봤는데 분명.

"곰돌이 무늬."

…귀엽네?

＊   ＊   ＊

비욘더 길드에서 나오자마자 뱃속에서 난리가 났다.

꼬르르르르륵!

수중에 돈도 두둑하겠다, 뭔가 맛있는 걸 사 먹고 들어갔으면 좋겠는데 자정을 넘긴 시간이라 문을 연 식당이 보이질 않았다.

"너무 늦었는데 그냥 들어갈까?"

새벽이 깊어질수록 거리는 위험해진다.

레지스탕스의 사상을 따르는 '무법자'들의 활동이 왕성해지는 시간이기 때문이다.

물론 그들이 항상 문제를 저지르고 다니는 건 아니다. 그러나 시한폭탄처럼 조금만 기분을 틀어지게 해도 바로 주먹이 나가는 족속들이다.

게다가 이 무법자들은 대부분 뒷세계를 살아가는 조직에 소속되어 있다.

어중이떠중이처럼 보이는 무법자라 하더라도 뒷배경이 어찌 되는지 모르니 시비를 걸어왔을 때 함부로 건드릴 수가 없다.

만약 그가 큰 조직 같은 곳의 똘마니라면 바로 인생이 피곤해진다.

"하아, 집에 라면밖에 없을 텐데. 아니, 라면이나 있으려나?"

그냥 편의점에 들러서 도시락이나 먹을까 고민하고 있는데 아직 간판 불이 점등되지 않은 순댓국집이 눈에 들어왔다.

"오! 순댓국!"

이게 대체 얼마 만에 보는 순댓국이냐!

에스테리앙 대륙에서 지내며 가장 먹고 싶었던 음식 중 하나가 바로 저 순댓국이었다.

난 후다닥 달려 식당 안으로 들어섰다.

테이블이 다섯 개밖에 없는 좁은 식당 내부.

카운터 쪽 테이블에 앉아 텔레비전을 시청하고 있던 주인 아주머니가 나를 반겼다.

"어서 오세요~ 혼자 왔어요?"

"네."

"아무 데나 앉아요."

식당에 손님은 아무도 없었다.

다만, 주인아주머니가 앉아있던 테이블에 긴 생머리 여인 한 명이 고개를 푹 처박고 잠들어 있었다.

"순댓국 줄까요?"

"네. 특으로 한 그릇 주세요."

"금방 해다 줄게요."

아주머니가 사람 좋은 미소를 머금고서 주방으로 향했다.

한데 아주머니치고는 미모가 제법 빼어나다. 몸매도 나쁘지 않고. 나이도 서른 후반 정도나 되었을까 싶다.

겉모습만 보면 순댓국이 아니라 카페에서 커피를 팔 것 같다.

'그나저나 저 아줌마 어디서 본 것 같은데.'

주방에 들어간 아주머니의 뒷모습을 물끄러미 바라보며 생각에 잠겨 있을 때, 식탁에 엎드려 있던 여인이 포효했다.

"으다다다다다다!"

"시끄러, 이것아. 손님 있어."

"웅… 지금 몇 신데? 손님 그만 받고 들어가자, 엄마아."

그러면서 여인이 뒤를 돌아보았고, 나와 눈이 마주쳤다.

순간 나는 왜 주인아주머니의 얼굴이 낯설지 않았는지 알수 있었다.

"어? 찐따?"

아주 당연하다는 듯 나를 그렇게 부르는 여인은 나와 동급생에 같은 반 친구인 신지혜였다.

"너 왜 여기 있어?"

"그러는 너는?"

"우리 엄마 식당이니까."

얘네 어머니 순댓국집 하고 계셨구나. 전혀 몰랐다.

짤막한 대화가 오고 간 뒤, 신지혜는 나를 말없이 한참 동안 바라보았다.

가끔 한 번씩 깜빡이는 눈 속엔 무슨 생각을 하고 있는 건지 도무지 알 수가 없었다. 그래, 쟤는 이런 아이였다. 당최 종잡을 수 없는 특이한 아이.

그래서인지 몰라도 보편적인 아이들과는 어울리지 못했고, 좀 논다는 아이들과 어울릴 때가 많았다.

"너 뭐 시켰어?"

"순댓국."

"딴 거 먹지, 지겨운데."

순댓국집에서 순댓국 말고 뭘 먹으라는 거야? 그리고 내가 먹는 건데 왜 자기가 지겹다는 건지, 원.

그사이 아주머니는 잔반과 밥을 내오고, 뚝배기에 담긴 순 댓국도 내왔다.

고소한 고기 냄새와 함께 보글보글 끓는 순댓국을 보자마 자 입안에 군침이 확 돌았다.

"근데 지혜 친구니?"

아주머니가 물을 갖다 주며 물었다. 대답은 지혜의 입에서 먼저 튀어나왔다.

"그냥 같은 반 찐따야."

"친구한테 찐따가 뭐야, 이 계집애야."

"찐따한테 찐따라 그러지 그럼 뭐라 그래. 그치?"

썩 듣기 좋은 표현은 아니지만 지혜 저것은 악의가 있어서 저러는 게 아니다. 그냥 애가 원래 저렇다.

난 지혜를 무시하고서 진한 국물을 맛봤다.

"크으!"

절로 감탄사가 나온다.

이 맛을 얼마나 그리워했던가!

"크으래. 히힛. 아저씨 같다."

그래, 비슷하다 이것아. 겉보기엔 여덟 살 꼬마지만 내 속엔 28살 청년이 자라고 있으니까 어쩔 수 없다.

이제 본격적으로 순댓국밥을 맛보기 위해서 밥을 국에 척 말았다. 그때 식당 문이 거칠게 열리며 취객 두 명이 들어왔다.

그들은 내 옆 테이블에 앉더니 큰 소리로 주문을 했다.

"아줌마! 여기 순댓국 두 개랑 소주 한 병!"

기차 화통을 삶아 먹었나. 에이, 그러거나 말거나 내 배나 채워야지. 지금 10년 만에 재회한 순댓국을 앞에 두고서 남 신경 쓸 때가 아니다.

"어쩌죠? 우리 이제 영업 끝났는데."

"에이, 얼른 마시고 갈 테니까 줘요. 저기 저 사람도 먹고 있네."

"마지막 손님 받은 거라서요. 그리고… 아무리 봐도 학생 같은데. 미성년자한테는 술 안 팔아요."

그러고 보니 얼굴이 많이 어려 보인다.

많이 봐줘야 고딩 정도 됐을까 싶다. 하지만 이미 어디에서 한 잔 빨고 들어온 놈들이 순순히 네 알겠습니다, 하고 나갈 리 없지.

"우리 학생 아니에요."

"그럼 민증 좀 보여줄래요?"

"집에 두고 왔어요. 학생 아니니까 빨리 순댓국이랑 술 좀 갖다 줘요."

"민증 없으면 술 안 팔아요."

"아이 씨, 짜증 나게 씨팔."

하이고, 막나가는 구나.

"야. 니들 어디 학교 다니는데? 그냥 나가. 피곤하게 만들지 말고."

결국 지혜가 나섰다.

그러자 두 놈 중 스포츠머리를 한 멀대 같은 녀석이 피식
웃었다.

"중학교 때 자퇴해서 학교 안 다니니까 닥쳐, 쌍년아."

"학생! 말 그렇게 막 하는 거 아니야! 그만 나가!"

아주머니가 버럭 소리쳤다.

자기 딸이 욕먹은 상황이니 화가 나는 게 당연했다.

하지만 이 녀석들은 도통 나갈 기미가 보이지 않았다.

이번에는 멀대 옆에 서 있던 살이 덕지덕지 붙은 돼지가 까
불었다.

"싫은데? 아줌마, 그냥 조용히 먹고 나갈 테니까 좆같은 꼴
당하기 싫으면 국밥이나 말아 와!"

빠악!

"악!"

갑자기 날아온 숟가락이 돼지의 이마를 맞혔다.

지혜가 던져 버린 것이다.

"아, 실수. 손이 미끄러졌네."

"이 개 같은 년이!"

돼지가 눈이 뒤집어져서 지혜에게 달려들었다.

하아, 맘 편하게 순댓국 좀 먹어보려고 했더니 도와주지를
않네.

자고로 사람 새끼라면 웃어른을 보고 공경할 줄 알아야 한다. 물론 어른 같지 않은 어른들도 많지만, 그렇지 않은 보통의 어른에겐 함부로 해서는 안 된다.

그게 상식이다.

지금 이 세상은 이런 새끼들 때문에 상식이 죽었다.

그리고 너희들은.

빠악!

"컥!"

콰당탕!

나한테 죽었다.

"으억!"

지혜에게 다가가다가 내 무릎에 복부를 얻어맞은 돼지가 뒤로 나가떨어져 고통스러워했다.

아직 몸을 제대로 단련시키지 못해 백 킬로는 족히 넘어 보이는 돼지를 일격으로 날려 보내려니 무릎이 저릿하다.

하지만 2클래스의 포스는 내 몸을 전보다 강하게 만들었고, 머릿속엔 무투술에 대한 지식이 가득하다.

이딴 찌꺼기들 처리하는 거 일도 아니다.

"이런 씨팔새끼가!"

돼지가 넘어지자마자 멀대가 달려들었다.

놈은 몸이 얄쌍한 만큼 움직임도 날렵했다.

멀대가 빠른 스텝과 함께 달려들어 가드를 올리고 한 손으로 잽을 날렸다.

'복싱?'

쉭!

제대로 배운 놈이었다. 주먹이 제법 매웠다. 하지만 그뿐이다.

고개를 옆으로 까딱해서 잽을 흘린 뒤, 몸을 숙였다가 튕겨 올리며 어퍼컷을 날렸다.

빠각!

"끅!"

주먹에서 턱주가리 부서지는 느낌이 전해졌다. 멀대는 뒤로 쭉 밀려나 그대로 쓰러졌다.

쾅!

돼지와 멀대는 사이좋게 널브러져 정신을 차리지 못했다.

난 녀석들에게 다가가서 물었다.

"계속할래, 그냥 꺼질래?"

녀석들은 공포에 질린 와중에도 마지막 허세와 협박을 잊지 않았다.

"이러고도 무사할 줄 아냐, 너?"

꼭 자기 뒷배경 믿고 까부는 새끼들이 저런 협박질을 해대지. 근데 난 그 정도 협박에 눈 하나 깜빡 안 하거든.

"응. 완전 무사할걸."

"니네 가족 앞으로 피곤할 거다."

"우리 가족? 누구? 오늘 처음 본 순댓국집 아줌마랑 저 계집애? 우리 가족 아니야, 병신아. 맘대로 해."

내 말에 두 녀석은 벙찐 얼굴이 되었다.

"가족도 아닌데… 왜……."

"나 밥 먹고 있는데 소란 피웠으니까."

"고작 그런 이유 때문에 끼어들었다고?"

"내가 니들 행패 부리는 데 끼어든 게 아니라, 니들이 나 밥 먹는 데 끼어든 거라고 모지리 같은 새끼들아!"

따닥!

말끝에 녀석들의 정수리를 후려쳤다.

"악! 너 이 개새끼, 얼굴 기억했다."

"이름도 기억해라. 루아진. 익환고등학교 2학년이다, 어린놈의 새끼들아."

따닥!

한 번 더 맞아라.

"악! 씨팔!"

멀대가 욕을 뱉으며 뛰쳐나갔고, 돼지도 한 박자 늦게 따라나갔다.

한바탕 소란이 일고 난 식당 안은 묘한 침묵이 흘렀다.

지혜랑 아주머니가 눈을 동그랗게 뜨고 날 바라봤다.

멋쩍어서 머리를 벅벅 긁으며 다시 자리에 앉아 순댓국을 뜨려는데 지혜가 갑자기 내 맞은편에 앉더니 엄지를 척 치켜세웠다.

"찐따, 너 짱이다."

그런 지혜에게 등짝 스매싱이 날아들었다.

찰싹!

"아얏! 왜 때려!"

"아까부터 자꾸 친구한테 찐따가 뭐야? 이름이 아진이라고?"

"네."

"고마워서 어쩌니?"

"괜찮아요."

"괜찮기는. 아진이 아니었으면 험한 꼴 당할 뻔했는데. 그나
저나 우리 도와준 건 고마운데 넌 어쩌고? 뭐하러 이름이랑
학교까지 다 말했어?"

"그런 녀석들 한 트럭이 찾아와도 괜찮습니다."

무엇보다 난 지금 비욘더다.

비욘더의 힘을 범죄에 악용하면 가중처벌받지만 합당한 상
황에서 사용하는 건 괜찮다.

때문에 그 녀석들의 뒷배경이 거대한 조직이라 하더라도 내
신변에 위협을 가할 시 이 사실을 비욘더 길드에 보고하면 알
아서 보호해 준다.

"그래도 우리 때문에 괜히 험한 일 당하는 거 아닌지 걱정
이 돼서 그러지."

"근데 너 언제부터 싸움 그렇게 잘했어? 학교에서는 왜 맞
고 다녀? 찐따 놀이 하는 거야?"

세상에 쩐따 놀이 같은 걸 하는 정신 나간 인간이 어디 있냐 이 계집애야.

"아줌마가 영 마음이 편칠 않네."

"걔들 내일 학교 와서 너랑 한바탕 붙으면 볼만하겠다."

아줌마는 계속 날 걱정했고, 지혜는 계속 정신 나간 소리만 해댔다.

지혜는 그냥 무시하면 되지만 아줌마가 너무 미안해하니 순댓국이 코로 넘어가는지 입으로 넘어가는지도 모르겠다.

난 아줌마의 미안함을 덜어주기 위해 상냥하게 웃으며 한마디 했다.

"저는 밥 먹을 때 귀찮게 하는 인간들 보면 화가 치밀어 올라서 잡아 죽이고 싶어지거든요. 그래서 그런 거니까 미안해하지 않으셔도 돼요."

"……"

"……"

순간 지혜와 아주머니가 입을 딱 다물고서 조용히 떨어졌다. 미안한 마음이 조금 덜해진 모양이다.

역시 사람은 착하게 살아야 돼.

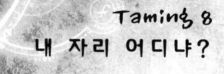

Taming 8
내 자리 어디냐?

어느 순간부터 밖에서 모포 한 장을 몸에 두르고 모닥불의 온기에 의존하며 노숙하는 것이 익숙해졌다.

에스페란자 가문이 몰락한 이후 그것은 내 삶의 일부가 되었다.

칠흑 같은 밤이 내리면 아무 곳에서나 드러누웠고 푸르스름한 새벽이 어둠을 밀어내면 눈을 떴다.

새로운 하루는 늘 광활한 하늘을 마주하며 시작되었다.

그런데 지금 잠에서 깬 내 앞에 나타난 건 익숙한 듯 낯선 천장이다.

'내가 지금 어디에 있는 거지?'

놀라서 벌떡 일어나 주변을 둘러봤다.

"아······."

그래, 이곳은 내 방이었다.

어제 난 에스테리앙 대륙에서 지구로 돌아왔고 이제 하루가 지났다.

하루 동안 참 많은 일이 있었다.

오늘은 내가 지구에서 겪지 못했던 새로운 날이다.

그리고 지금까지의 비루한 인생을 바꿔 나갈 시작점이기도 하다.

거실로 나오니 아버지의 도시락 가방이 상 위에 놓여 있었다. 밤새 근무하시고 새벽에 들어오신 것이다.

살짝 열린 안방 문 너머로 새근거리는 아버지의 숨소리가 새어 나온다.

이제 저 소리를 내일도, 모레도, 계속해서 들을 수 있다.

마음이 따뜻해진다.

*   *   *

이 얼마 만에 걸어보는 등굣길이냐!

난 새벽 여섯 시에 집에서 나왔다.

전에는 일곱 시 반쯤 나와 버스를 타고 통학했었다. 버스로 학교까지는 십 분 정도가 걸린다.

하지만 그런 식으로 해선 지금의 내게 전혀 도움이 되지 않는다.

나는 가방을 메고 집 앞에서 학교까지 뛰어갔다.

조금도 쉬지 않고 숨이 턱 끝까지 차오르도록 전력을 다해 뛰다가 도저히 견디기 힘들 정도가 되면 속도를 줄였다.

그러다 몸의 열기가 식고, 스태미나가 차오르면 또 전력으로 뛰었다.

이런 생활 속 운동을 습관 들여놓으면 큰 도움이 된다.

굳이 따로 시간을 내서 운동을 할 필요가 없다.

오히려 생활 곳곳에 운동의 요소가 녹아들어 있으니 꾸준히 하면 더 효과적이다.

한 시간 조금 못 돼서 학교에 도착했다.

온몸이 땀으로 푹 젖어 찝찝했으나, 그런 걸 신경 쓸 상황이 아니었다.

이 세계에서 잘나가려면 몬스터를 많이 사냥해야 하고 그러려면 몸도 탄탄하게 만들어야 한다.

무조건 포스에만 의존할 게 아니다.

물론 포스의 클래스가 높아질수록 육신은 더욱 강해진다. 하나 거기서 단련을 하면, 계속해서 강해질 수 있다.

일반인과 똑같은 운동을 해도 효과가 배 이상으로 나타난다.

그것이 포스의 힘이다.

"내가… 2반이었던가?"

아마 그랬던 것 같다.

10년 만에 찾은 교실은 문을 열고 들어서는 그 순간까지도 어색하기 그지없었다.

아직 이른 시간이라 교실에는 빈자리가 더 많았다.

책상을 채운 몇 명의 아이들은 전부 모범생들뿐이었다.

'쟤들은 커서 전부 사무직에서 일하겠지.'

지금 시대에 사무직이라 하면 방어기지관리사무소나 비욘더들의 무기를 제작하는 웨폰 회사, 용병을 관리하는 회사 정도가 전부다.

아, 용병이란 비욘더들이 던전을 돌 때 서포터 역할을 하는 이들을 부르는 말이다.

디멘션 임팩트 이후 세상은 완전히 뒤바뀌었다.

몬스터가 튀어나와 인간들이 만들어놓은 사회를 뒤집어엎어 버리는 판에 팔자 좋게 국영수나 공부하고 있을 수는 없었다.

책상에서 펜을 굴릴 게 아니라 전부 전장으로 뛰어들어 총 자루를 메고 인류의 생존을 위해 싸워야 했다.

인류는 전멸 직전의 위기까지 몰렸다가 겨우 다시 살아났다.

몬스터들과의 싸움에서 사라져 버린 국가의 수가 백이 넘는다.

비욘더들이 나타나지 않았거나 이지스 실드의 발명이 조금이라도 늦었다면 지구를 지배하고 있는 건 인류가 아닌 몬스터들이었을 것이다.

이후, 전 세계적으로 서바이벌 스쿨이 우후죽순 생겨났다.

기존의 교육제도를 무시하고 오로지 생존을 위한 것들만 가르치는 학교들이 설립된 것이다.

한국 역시 마찬가지였다.

학생들에게는 국어, 영어, 수학, 사회, 과학의 기본적인 과목들을 중급 과정 정도까지만 가르치고 나머지 시간엔 생존과 관련된 공부들을 집중적으로 가르친다.

그중에서 머리 쓰는 게 좋은 녀석들은 졸업한 이후 대부분 사무직 일을 하고, 몸 잘 쓰는 놈들 중 삼분의 일 정도가 용병으로 빠진다.

그리고 이도 저도 아닌 녀석들은 나름대로 먹고살 궁리를 해야 한다.

아무리 세상이 이 지경이 되었다고 해도 위에 열거한 두 가지 직업만 있는 건 아니다.

식당도 있고, 여관도 있고, 잡화점도 있다.

놀이 시설도 존재한다.

게다가 땅덩어리 크기는 그대론데 인류의 수는 예전에 비해 훨씬 많이 줄어들었다.

이런 상황인지라 일자리가 없어서 배는 곯는 경우는 거의 없었다.

"근데 내 자리가 어디였더라? 혹시 아는… 사람?"

교실까지는 기억해 냈는데, 내 자리가 어디였는지는 도통 모르겠다.

하지만 내 물음에 대한 대답은 누구에게서도 돌아오지 않았다.

그래. 학교에서의 내 위치는 딱 이 정도였지.

'아무 데나 앉자.'

2분단 맨 끝에 줄에 적당히 엉덩이를 깔았다.

그러고 나니 할 일이 아무것도 없었다.

무료함에 내가 사용할 수 있는 마법의 룬 문자 공식을 되새김질해 봤다.

2클래스에서 사용할 수 있는 마법은 총 16개.

에스테리앙 대륙에서는 매지컬 비욘더를 마법사라 불렀다.

그리고 이 마법사라는 놈들은 성질이 더러워 종종 같은 마법사들끼리 시비가 붙곤 했는데, 클래스가 동급일 경우 누가 먼저 룬 문자를 빠르게 조합하느냐에 따라 승부가 나곤 했다.

룬 문자를 빠르게 조합한다는 건 곧 마법을 빨리 시전할 수 있다는 얘기이기 때문이다.

한데 난 4클래스 이상의 마법을 익힐 순 없었지만 룬 문자를 조합하는 속도만큼은 누구보다 빨랐다.

타고나는 재능의 한계가 3클래스까지인 게 안타까울 지경이었다.

그로 인해 3클래스 마법사들 사이에서는 동급 최강이라는 별명도 붙었었다.

이런저런 생각을 하는 사이 시간은 빠르게 흘렀고 허전하던 교실은 금세 학생들로 북적였다.

수업 시작 시간이 다 되어갈 때쯤, 좀 논다는 녀석들도 하나둘 교실로 들어서기 시작했다.

'이놈 저놈 다 자기 자리 찾아가면 내 자리가 어딘지 알 수 있겠지.'

그때 익숙한 목소리가 나를 불렀다.

"어~? 찐… 아니, 아진!"

신지혜가 여태껏 내게 한 번도 보여주지 않은 표정, 그러니까 미소 담긴 얼굴로 다가와 옆자리에 앉았다.

"어, 안녕."

"오늘도 찐따 놀이 할 거야?"

얘는 정말 내가 그런 쪽에 취미가 있는 줄 아는 모양이다.

"놀이 같은 거 아니야."

"그럼?"

"그냥 사정이 좀 있었어."

지혜가 흐응~ 하는 콧소리를 흘리더니 내 얼굴에다 뭔가를 확 던졌다. 포스가 없던 상태였으면 그대로 얻어맞았겠지만, 지금은 다르다.

동물 같은 반사 신경으로 그것을 잡아냈다.

"와아."

짝짝짝.

지혜가 신기한 동물 보듯 하는 눈으로 박수를 쳤다. 녀석이 내게 던진 건 삼각김밥이었다.

수십 년 동안 그 명맥이 끊기지 않고 쭉 이어져 내려오는 대표 인스턴트 먹거리다.

"아침 안 먹었지? 그거 먹어."

"안 먹은 줄 어떻게 알았어?"

"그렇게 생겼어."

하여튼 모를 계집애라니까.

공짜로 생긴 아침인데 마다할 필요는 없었다. 안 그래도 빈 속에 뜀박질을 한 터라 배가 고팠다.

김밥 포장을 뜯어 한입 크게 베어 물었다.

한데 그때 갑자기 뒤통수에 쎄한 기운이 느껴졌다. 무언가 가 날아드는 것이다. 난 한 손을 뒤로 넘겨 그것을 막았다.

턱!

"어쭈?"

고개를 돌려보니 고딩답지 않은 엄청난 덩치의 우락부락한 인간이 하나 서 있었다.

녀석은 부릅뜬 눈으로 나와 자신의 주먹을 막은 내 팔을 번갈아 노려보았다.

그러다 눈 튀어나오겠다, 새끼야.

근데… 저 새끼 이름이…….

"어? 만지야, 안녕."

지혜가 천연덕스레 인사를 건네는 바람에 떠올랐다.

그래, 만지. 이만지였다.

"시끄러."

김태하와 지동찬만큼은 아니지만 이 새끼도 양아치였다.

참고로 우리 반 짱이기도 하다.

물론, 비욘더인 김태하 일당을 제외하고 말이다.

"찐따, 이 새끼야. 뒤질래? 남의 자리에서 뭐 하냐?"

아, 여기가 만지 자리였구나.

"네 자리였냐?"

"뭐? 네 자리였냐?"

"미안하다. 갈게. 근데 내 자리 어딘지 알아? 나 기억이 안 나서. 좀 가르쳐 줘라."

난 정말 순수하게, 아무런 나쁜 의도 없이 내 자리가 어딘 지 물어봤다. 10년 만의 교실이니 충분히 그럴 수 있을 법한 일이다. 하지만 이만지에게는 그렇게 들리지 않았던 모양이다.

"이 새끼가 한 사흘 얼굴 못 봤더니 겁대가리를 상실했나!"

아, 그래.

너한테는 내가 지금 일부러 너 엿 먹이려는 것처럼 보일 수 노 있겠나. 고작 사흘 시났나고 사기 사리가 어딘지 잊이믁을 리 없으니까.

이만지의 입장에서 보자면 이건 엄연히 시비를 걸어오는 것밖에 되지 않았다.

하지만 상황이 그렇게 흘러가도 크게 상관은 없다.

이미 나도 녀석이 내 뒤통수를 노리던 순간부터 고운 감정은 아니었으니까.

난 태연하게 삼각김밥을 한입 더 베어 물고서 물었다.

"내 껍대가리를 네가 걱정할 필요는 없고. 내 자리 어딘지 알아, 몰라?"

상황이 그쯤 되니 논다는 녀석들이 하나둘 이만지의 주변으로 몰려들었다.

다른 아이들의 시선도 절로 집중되었다.

주변의 이목을 받으면서 이만지의 눈에 더 힘이 들어갔다. 오늘 아주 날 반 죽여놓겠다는 각오가 엿보인다. 이런 양아치들은 남의 시선을 엄청 신경 쓰는 법이거든.

에스테리앙 대륙의 부패한 귀족들이 주로 너 같은 성정을 가졌었지.

덥석.

이만지의 솥뚜껑 같은 손이 내 멱을 잡아 올렸다. 그 광경을 지켜보던 지혜가 한마디 했다.

"아진이 먹을 때 건드리면 안 되는데."

"야 이 씨팔새끼야. 마지막으로 살 기회 준……."

거 새끼, 말 많네.

퍽!

"악!"

내 주먹에 콧잔등을 얻어맞은 이만지가 비명과 함께 뒤로 물러났다.

"거봐. 먹을 때 건드리면 안 된다니까."

재밌는 구경이라도 하는 듯 신이 난 지혜의 음성이 들려왔다.

"이 씹새끼, 뒤질라고 환장했……!"

다시 다가가서 관자놀이를 땅!

빡!

"악!"

철푸덕.

이만지가 눈을 까뒤집으며 옆으로 쓰러졌다.

난 그런 이만지의 옆구리를 발로 퍽퍽 걷어찼다.

"윽! 커윽!"

"아프냐? 아파? 이 정도는 아무것도 아니잖아. 그동안 네가 나한테 한 거에 비하면."

녀석을 때리다 보니 떠올랐다.

김태하 못지않게 녀석도 날 괴롭히고 삥을 뜯었다.

뿐만 아니라 쉬는 시간 1분 남겨놓고 내 돈으로 빵을 사 오라는 둥, 여사해 냉냉이를 받시고 오라는 둥, 사기 내신 청소를 하라는 둥, 게임 캐릭터 레벨을 올려놓으라는 둥… 별의별 거지 같은 일들을 다 시켰다.

학교에서 내야 하는 회비 같은 것도 이만지의 몫은 전부 내가 내야했다.

돈이 없으면 구걸해서라도 내야 했다.

안 그러면 다음 날 곤죽이 되도록 맞아야 했으니까.

과거의 일이 떠오를수록 점점 더 화가 치밀어 올랐다.

퍽! 퍽! 퍽! 퍽! 퍽퍽퍽퍽퍽! 콰직! 콱!

이만지를 걷어차는 발에 힘이 들어갔다. 나중에는 짓밟았다. 그러다 이곳저곳 사정없이 조지기 시작했다.

"으아… 아… 그, 그만……."

이만지가 내 발목을 힘겹게 그러쥐었다. 그걸 뿌리치고 손을 짓이겼다.

콰득!

"끄아아아!"

손가락뼈 몇 개는 부러졌을 것이다. 주변에 있던 놈들은 질린 얼굴로 그 광경을 보고 있었으나 내겐 아무런 감흥이 없다.

저쪽 세상에서 나는 사람 모가지 몇 개쯤 우습게 꺾었었다. 이미 살인이라는 행위 자체에 무감각해져 있다고 해도 과언이 아니다.

귀족 간의 전쟁이 비일비재한 그 세계에서는 그게 정상이었다.

살기 위해선 죽여야 했다.

사실 따지고 보면 이곳도 다른 건 없다. 다만 인간과 몬스

너 간의 싸움이라는 측면이 대두되어 있을 뿐. 이면을 들여다 보면 인간 세계 사이에서도 늘 숨어 있는 전쟁은 진행 중이고 강자가 약자를 지배하는 약육강식의 법칙 역시 만연해 있다.

그걸 도덕이라는 이름으로 감추고 있을 뿐, 본능에 충실한 녀석들은 일찍부터 일진이라는 놀이로 다른 아이들의 머리 위에 서려 한다.

눈에는 눈, 이에는 이.

더 이상 나는 사냥감이 아니다.

너희들을 사냥하는 최상위 포식자다.

콰드득!

"끄아아아아!"

"그만해, 이 새끼야!"

내가 이만지의 나머지 손까지 부숴놓았을 때, 한 놈이 용기를 내 소리치며 나섰다.

이만지의 친구랍시고 늘 붙어 다니는 무리 중 한 명, 조동호였다.

"적당히 설쳐. 너 지금 우리들한테 완전히 찍혔어."

우리들이라 함은 일진 놀이 하고 있는 익환고등학교의 불량 서클을 말하는 것이겠지. 이름이 뭐였더라. 갱(Gang)? 아마 그럴 거다. 이만지가 거기 소속이었지.

그래서 지금 내가 갱한테 찍힌 거라고 협박하는 거지?

내가 잠시 구타를 멈추자 조동호는 쫄았다고 생각하는 모양인지, 성큼 다가와 미간을 확 구겼다.

"이제 좀 감이 오냐? 네가 뭔 짓 했는지? 만지가 멍때리는 사이에 럭키 펀치 한 번 들어가서 쓰러지니까 정신 못 차리고 방방 뛴 모양인데 후회해도 이미 늦었……."

말하고 있는 조동호의 머리채를 잡아 끌어내려 무릎으로 안면을 가격했다.

빽!

"아악!"

조동호가 쌍코피를 터뜨리며 비틀거렸다.

그런 녀석의 왼쪽 어깨를 발뒤꿈치로 내려찍은 뒤, 몸을 붕 띄워 반 바퀴 돌아 목을 후려 찼다.

퍼퍽!

"끄아……."

쿠당!

조동호는 비명도 제대로 지르지 못하고서 쓰러졌다.

난 옆에 있던 의자를 들어 녀석의 몸에다 집어 던졌다.

퍽!

"아악!"

제대로 얻어맞은 조동호가 사지를 바들바들 떨었다. 난 놈의 머리채를 다시 잡아 들어 올리고서 다른 양아치들을 노려봤다.

"또 뒈지고 싶은 새끼 있으면 끼어들어 봐. 장담하는데, 이 새끼보다 더 심한 꼴로 만들어줄 테니까."

조동호 패거리들은 혼란스러운 얼굴이었다.

그럴 만도 하지. 며칠 전만 해도 찐따 소리 들으면서 벌벌 기던 놈이 하루아침에 갑자기 변해 버렸으니.

내 협박에 아무도 나서지 못하고서 서로 눈치만 살폈다.

그러는 사이 난 다시 이만지에게 다가가 얼굴을 즈려밟았다.

"으윽."

"앞으로 내 앞에서 개처럼 기어 다녀, 씨팔새끼야. 허리 펴는 순간 평생 네발로 기도록 접어버린다. 카악! 퉤!"

이만지의 몸에 침을 뱉고 나서야 상황을 마무리 지었다.

다들 충격에 싸인 얼굴로 넋을 놓고 있었다.

인간은 한번 잔인해지기 시작하면 한도 끝도 없이 잔인해진다. 나도 인간이다. 그리고 난 이미 다른 세상에서 충분히 잔인해져 봤다.

이 정도로 끝낸 건 여기가 지구였기 때문이다.

그렇지 않았다면 이미 이만지와 조동호의 목은 바닥을 구르고 있었을 것이다.

"아."

이만지에게서 멀어지다 말고 다시 뒤를 돌았다. 이만지가 놀라서 몸을 웅크렸다. 난 녀석에게 무심하게 물었다.

"내 자리 어디냐?"

*　　　*　　　*

금요일은 모든 학교가 오전 수업만 한다.

마지막 4교시가 끝나가는 시간.

신지혜의 시선은 아진에게 향해 있었다.

1교시 시작부터 줄곧 신지혜는 아진에게서 눈을 떼지 않았다.

아진은 한바탕 소란을 피운 이후 책상에서 엎드리더니 그대로 잠들었는지 일어날 생각을 안 했다.

쉬는 시간에도 시체처럼 엎드린 채 작은 미동조차 없었다.

그런 아진을 아무도 건드리지 않았다.

이만지와 조동호는 찐따에게 당했다는 사실이 쪽팔려, 어디에 하소연하지도 못하고서 수업이 시작하기 전에 학교를 떴다.

아울러 오늘 일은 절대 누설하지 말라고 다른 패거리들에게 입단속을 시켰다.

이 일이 퍼져 나가는 순간 그들의 입장은 완전히 뭣 되어 버리기 때문이다.

그러니 아진을 건드릴 사람이 아무도 없었다.

학교의 선생들 역시 학생들을 크게 선도하지 않는다.

이미 선생이라는 직업은 지식만을 가르치는 역할을 하게 된 지 오래다.

말 안 듣는 학생을 체벌하고 혼내는 등의 행위는 더 이상하지 않는다.

교칙에 따라 벌점을 부여하며, 그것이 많이 쌓이면 매뉴얼대로 정학, 혹은 퇴학 처분을 할 뿐이다.

그러니 수업 시간에 잠을 잔다고 해서 터치하는 경우도 없었다.

거기에 아진의 수면이 죽 이어질 수 있었던 데에는 김태하와 지동찬이 결석도 한몫했다.

두 녀석은 밤새도록 술을 마신 뒤 아침에 뻗어 깊은 잠에 빠져 있었다.

학교 같은 건 안중에도 없었다.

4교시가 다 끝나갈 무렵, 신지혜의 시선은 여전히 아진의 옆모습에 머물러 떠날 줄 몰랐다.

아진의 자리는 창가 쪽 끝에서 두 번째였다.

신지혜는 그런 아진의 옆에 앉아 있었다.

어제까지만 해도 아진의 옆자리는 비어 있었다.

김태하에게 괴롭힘을 당하다가 자살한 박지만의 자리였다.

박지만이 세상을 떠난 이후로 늘 비어 있던 그곳을 신지혜가 채웠다.

초신성, 전격의 검 이환

눈을 떠보니 4교시가 전부 끝나 있었다.

학교에서의 시간이 어떻게 흘러갔는지도 모르겠다.

그리고 내 옆에 왜 신지혜가 앉아 있는지도 모르겠다.

"잘 잤어?"

신지혜는 당연한 듯 내게 물었다.

"너 왜 여기 있냐?"

"너 사는 거 구경하려고. 나 간다. 뭘뭘 날 봐~ 아! 그리고 너 담에 우리 가게 오면 순댓국 말고 딴 거 시켜."

"딴 거 뭐?"

"짜장면."

"순댓국집에서?"

"근처에 중국집 있으니까 두 개 시켜서 하나는 나 줘."

"……"

"안녀옹~"

신지혜는 그러고서 사라졌다.

애는 진짜 무슨 생각을 하며 사는 걸까.

*   *   *

학교를 파하고 나와 은행을 찾았다.

오후 한 시를 조금 넘긴 시간, 은행 안은 사람들로 북적였다.

대기표를 뽑고 의자에 앉아 순서를 기다렸다.

'이런 광경도 오랜만이네.'

아빠 심부름으로 은행에 몇 번 들렀던 때가 생각났다. 벌써 10년도 더 된 이야기였다.

나는 다른 세상에서 10년을 살다 왔는데 이 세상은 단 하루도 지나지 않고 그대로라는 게 여전히 신기할 따름이다.

띵동―

"176번 고객님~"

삼십여 분 정도가 흐른 뒤 드디어 내 차례가 왔다.

번호표를 들고 후다닥 창구로 뛰어갔다.

고등학생이 통장을 만드는 데 뭐가 필요한지는 인터넷으로 조사한 터였다. 아침에 미리 챙겨 나온 학생증이랑 도장을 번호표와 함께 건넸다.

은행 직원은 빠르게 업무 처리를 도와주었고, 드디어 내게도 통장과 체크카드가 생겼다.

머리털 나고 처음으로 만져보는 카드인지라 감흥이 남달랐다. 이제부터 내 통장에 돈이 차곡차곡 쌓여나가겠지.

이미 난 내 앞길에 대해 확고한 방향을 잡았다.

비욘더가 되는 것.

그래서 몬스터들을 토벌하고 돈을 많이 버는 것.

그 돈으로 남부럽지 않게 할 거 다 하고, 먹을 거 다 먹고, 흥청망청 쓰면서 살아보는 것.

그게 내 꿈이자 목표다.

"그러기 위해서는 콜을 잘 잡아야 하는데……."

은행을 나서며 던전 레이더에 대고 중얼거리는데, 마침 알림음이 울렸다.

기가 막힌 타이밍!

—위치 · 약시동 춘천문화예술회관 근처 GU편의점 앞 도로
—감지되는 몬스터 레벨 : 2레벨
—콜을 받으시겠습니까? [Yes/No]

삑!

난 당장 콜을 받았다. 다행스럽게도 이번 일 역시 내게 배정되었다. 한데 어제는 보지 못했던 메시지가 연이어 떠올랐다.

―콜을 동시에 받은 비욘더가 한 명 더 있습니다.

―비욘더 이름은 '이환'입니다. 던전 입장 전에 파티 매칭된 비욘더의 신원을 확인하기 바랍니다.

파티 매칭? 이런 시스템도 있었나?

"이거 그럼 수입을 반으로 나눠야 한다는 얘기 아냐? 혼자 하는 게 더 편한데."

1레벨 몬스터를 상대할 땐 이런 게 없더니 2레벨로 승급되자마자 이상한 시스템이 도입되어 버렸다.

그나저나 이환이라는 이름 어디서 많이 들어봤던 것 같은데?

*　　　*　　　*

택시를 타고 던전이 열린 장소에 도착했다.

커다란 굴 입구 주변으로 바리케이드가 세워져 있었고, 바리케이드 너머로 일개 군 병력이 둘러서서 진을 친 상태였다.

1레벨 던전은 굳이 군인들이 출동하지 않는다.

어차피 몬스터들은 이지스 실드 밖으로 나오지 못하고, 만에 하나 튀어나온다 하더라도 현장에 비욘더 한두 명만 투입하면 충분히 제압 가능한 수준이기 때문이다.

하지만 2레벨부터는 다르다.

2레벨 몬스터들은 던전 밖으로 한 마리라도 나오게 되면 즉시 사살하지 못할 경우 문제가 복잡해진다.

1레벨 몬스터와 달리 2레벨 몬스터들은 총알 몇 방 박는 것으로 끝나지 않는다.

아예 그 녀석들과 표피의 단단함 자체가 다르다.

뿐만 아니라 근력과 민첩성 역시 비교 못 할 만큼 뛰어나고 무엇보다 마법을 사용하는 녀석들도 있었다.

때문에 2레벨 이상의 몬스터들이 나타나는 던전이 열렸을 땐, 늘 군 병력이 투입되어 만에 하나의 상황에 철저히 대비한다.

바리케이드 주변으로 다가가자 삼십 대 초반 정도 되어 보이는 군인 한 명이 날 막아섰다.

계급을 보니… 모르겠다. 나 군대 갔다 온 적도 없고, 관심도 없어서 군대 계급 따위 전혀 모른다. 가슴에 박힌 이름은 아주 잘 보였다. 김태진.

"여긴 통제 구역입니다. 민간인은 접근이 금지되어 있습니다."

"비욘더니까 비켜도 돼요."

그러자 김 군인이 내게 경례를 했다.

"충성. 던전 방위 사령부 춘천 지부 소속 김태진 중위입니다. 비욘더 신분증 부탁드립니다."

지갑에서 비욘더 길드에서 받은 보라색 명함을 꺼내 보여줬다.

이를 넘겨받은 김 중위가 손가락을 딱딱 튕기자 다른 후임병 하나가 달려와 카드 단말기 같은 것을 내밀었다.

김 중위는 내 명함을 단말기에 올려놓고 붉은 버튼을 쿡 눌렀다. 잠시 후, 단말기 액정에 나에 대한 정보가 주르륵 떠올랐다.

이름부터 나이, 소속된 비욘더 길드 지부, 클래스, 능력에 관한 것까지.

이거 어쩐지 눈앞에서 신상이 탈탈 털리는 기분이다.

"협조 감사드립니다. 먼저 오신 비욘더분과 함께 입장하시면 됩니다. 운이 좋으십니다. 5인의 초신성 중 한 명과 함께이니만큼 위험한 일은 없을 겁니다."

김 중위가 옆으로 비켜섰다.

5인의 초신성? 아, 그러고 보니 지구에서 내가 자살을 하기 전, 한창 자신의 존재감을 내뿜던 신인 비욘더들의 이름이 사람들 입에 오르내리기 시작했었다.

그중 가장 뛰어난 다섯 명을 5인의 초신성이라고 불렀다.

'가만, 이환?'

이환이라고 하면… 전격의 검 이환!

소문에 의하면 그는 걸음마를 할 때 한국의 정통 문파인 가람파에 입단했다고 한다.

그곳에서 오랜 시간 무예를 연마해 촉망받는 후지기수로 자라났는데 비욘더의 힘까지 얻었으니 당연히 다른 동급의 비욘더들보다 강할 수밖에 없었다.

"얼마나 대단한 녀석이려나. 궁금하네."

난 걸음을 서둘렀다.

던전 입구가 가까워지니 바리케이드 너머에 서 있는 누군가의 뒷모습이 보였다.

한데 뒤태가 남자라고 하기엔 너무 이질적이다.

좁은 어깨와 잘록한 허리, 탄력 있고 보기 좋게 튀어나온 엉덩이에, 바람에 흩날리는 긴 은발까지.

여자 같은 체형을 가진 남자인 거야, 아니면 남자 같은 이름을 가진 여자인 거야?

궁금해지니 걸음이 더 빨라졌고, 바리케이드를 경보하듯 지나쳐 지척까지 다가가 얼굴을 확인했다.

흰 피부에 도드라진 붉은 입술, 고운 아미와 올망솔망한 눈동자까지. 여지없는 여자였다.

"설마 이환?"

"아, 루아진 씨?"

"이환이에요?"

"네."

"여자였어요?"

"다들 이름 때문에 남자인 줄 알더라구요."

말미에 혀를 살짝 내밀고 웃는 모습은 상당히 귀여웠다. 그러면서도 한 손은 버릇처럼 허리에 찬 검 손잡이에 가 있었다.

이렇게 순해 보이는 여자가 검을 잡고 몬스터들을 무섭게 도륙한다니, 도저히 그림이 그려지지 않았다.

"그럼 내려갈까요?"

이환이 앞장서서 날 리드했다.

동그란 던전의 입구 사방에는 원뿔 모양의 크리스털 같은 보석 네 개가 단단히 박혀 있었다.

그것이 이지스 실드를 발동시키는 기계, 통칭 게이트키퍼(Gatekeeper)였다.

던전의 입구에서 바닥까지 이어지는 부분의 외벽은 대부분 비스듬하게 경사가 져 있었다.

이환과 나는 경사를 타고 미끄러지듯 내려가 던전의 초입에 섰다.

2레벨 던전은 1레벨 던전과 크게 다른 점을 찾을 수 없었다. 앞으로 길게 뚫려 있는 통로의 크기는 비슷했고, 야광석이 곳곳에 박혀 빛을 뿌리고 있는 광경도 같았다.

내가 주변을 두리번거리고 있자니 이환이 물었다.

"혹시 2레벨 던전은 처음이세요?"

"네. 1레벨 던전만 두 번 돌았거든요."

"아~ 그러시구나. …네? 방금 1레벨 던전만 두 번 돌았다고 하셨어요?"

"네."

"아… 그럼 위험한데."

"왜요?"

"2레벨 던전에서 만나는 몬스터들은 1레벨 던전에서 만나는 몬스터들과 많이 다르거든요. 훨씬 위험해요. 몇 배 이상 위험하다고 생각하셔야 돼요. 그래서 1레벨 던전을 십수 번, 아니, 수십 번 겪어본 비욘더들도 2레벨 던전에서 고전하는 경우가 많아요."

"내 걱정 하는 거면, 안 그래도 돼요."

"네? 그, 그래도……"

"이환님은 2레벨 던전 많이 돌아봤어요?"

"아, 저는 이번에 열……"

그녀가 잠시 말을 끊고 손가락을 꼽아보더니 해맑게 대답했다.

"열세 번째예요!"

"많이 돌아보지도 않았네, 뭐."

"그, 그치만 경험이 전무한 사람과 경험이 많은 사람 사이엔 어마어마한 차이가 있는 거라구요!"

이환은 전에 없이 단호한 얼굴로 주먹을 꽉 쥐고 소리쳤다.

보면 볼수록 귀여운 타입이다. 때문에 검을 든 그녀의 모습은 상상할수록 점점 더 괴리감이 생겼다.

그녀가 날 걱정하는 것도 이해는 한다.

하지만 쓸데없는 걱정이다. 몬스터에 대해서는 그녀보다 내가 훨씬 더 잘 안다.

놈들의 생김새와 버릇, 특징과 좋아하는 것, 싫어하는 것, 서식지, 입맛, 공격 방법, 그리고 약점까지.

아마 에스테리앙 대륙에서 몬스터 학위를 딴 학자들조차도 내 앞에서는 명함 한번 제대로 내밀지 못했으리라.

나는 몬스터들과 2년을 함께 뒹굴며 살았으니까.

이환은 뾰로통한 얼굴로 계속 내 눈을 바라보고 있었다.

사람이 걱정해 주는데 왜 진지하게 듣지 않느냐는 생각이 그대로 드러나 있었다.

"조심할 테니까, 일단 갑시다."

"또 건성건성 들은 거죠? 그러다 크게 다쳐도 난 정말 몰라요!"

이환이 고개를 홱 틀어버리고서 앞으로 성큼성큼 걸어갔다.

이 여자, 속으로 생각하는 걸 전혀 감추지 못하는 타입이다.

난 이환의 뒤를 따라 걸었다.

얼마 가지 않아 우리 앞에 온몸이 새하얀 털로 뒤덮인 몬스터가 모습을 드러냈다.

"나타났어요!"

이환이 허리춤에 찬 검을 꺼내 들고 내 앞을 막아섰다.

순박한 얼굴과는 달리 검을 잡고 선 자세가 제법 그럴듯했다.

"이환 씨. 어렸을 때부터 가람파에서 자랐다는데 맞아요?"

"네, 맞아요."

"검을 잘 쓰니까 피지컬 계열이겠네요."

"지금 그게 중요한 게 아니잖아요. 조심해야 해요. 저 몬스터, 지금껏 한 번도 상대해 본 적 없는 녀석이란 말예요."

"그래요?"

내 시선이 다시 몬스터에게 향했다.

내 허리 정도 오는 크기에 솜사탕처럼 동그란 몸, 엉덩이라고 예상되는 곳에는 동그란 꼬리가 달려 있었다.

생긴 것이 그냥 큰 털 뭉치에 작은 털 뭉치가 붙어 있는 것 같다.

팔은 없고 짧은 다리가 있는데 털이 덮고 있어 보이지 않는다. 눈과 코도 없다. 작은 입 역시 털 속에 감춰져 있다.

겉보기에는 전혀 위협이 되지 않을 것 같은 이 몬스터의 이름은 푸르푸르.

하지만 귀여워 보이는 대부분의 몬스터가 그렇듯이 외모에 방심했다가는 이승과 안녕을 고하게 될지도 모른다. 지금처럼!

쐐애애액!

푸르푸르의 털 속에서 튀어나온 얼음화살이 이환의 미간으로 날아들었다.

보통 사람이었다면 그대로 머리가 뚫려 쓰러졌을 것이다.

하지만 이환은 몸을 옆으로 살짝 틀어버리는 것만으로 얼음화살을 피했다.

최소한의 동작으로 공격을 흘려 버린다는 건 아무나 할 수 있는 일이 아니다.

역시 제대로 무예를 전수받은 가람파의 후지기수답다.

"아진 씨 조심하세요! 푸르푸르는 방금 본 것처럼 얼음화살을 쏴요! 아, 저도 직접 본 적은 이번이 처음이지만, 아무튼 얼음화살은 사람의 피부쯤은 쉽게 뚫어버릴 만큼 강력해요! 그리고 상대방의 행동에 민첩하게 반응해서 상대하기 까다로운 몬스터라고 들었어요! 제가 푸르푸르의 주의를 끌 테니 아진 씨가 빈틈을 타 공격하세요!"

이환은 나름 냉철하게 상황을 판단해서 행동 강령을 내게 부탁했지만, 난 그 말에 따라줄 생각이 전혀 없었다.

"소환, 블링, 꼬맹이."

내 부름에 블링이와 꼬맹이가 나타났다.

"뀨웃!"

"토톳!"

갑자기 나타난 또 다른 몬스터에 이환이 매서운 기세로 검을 겨눴다. 블링이와 꼬맹이가 화들짝 놀라 내 다리를 한쪽씩 잡고 바들바들 떨었다.

"아아, 얘들은 내가 길들인 애들이니까 푸르푸르나 신경 써요. 얼음화살 또 날아온다!"

"아!"

카앙!

이환이 재빨리 검면으로 얼음화살을 쳐냈다.

푸르푸르.

저 녀석이 상대하기 까다로운 건 이환의 말대로 감각이 무척 예민하고 얼음 마법을 사용하기 때문이다.

감각이 예민한 이유는 코와 눈이 없는 대신 녀석의 몸을 감싸고 있는 수천 개의 털 전부가 대단히 예리한 감지 센서를 갖고 있기 때문이다.

하지만 그것 때문에 푸르푸르를 사냥하기란 어렵지가 않았다.

빈 이환의 곁을 지나쳐 푸르푸르에게 성큼성큼 다가갔다.

"앗! 아진 씨! 안 돼요!"

이환이 내 어깨를 잡으려 했고 푸르푸르가 얼음화살을 날리려 했다. 하지만 그 둘보다 먼저.

"으아아아아아아아아아악!"

내가 던전이 떠나가라 고함을 질렀다.

"꺅!"

이환이 두 손으로 귀를 틀어막았다.

얼음화살을 쏘려던 푸르푸르는 몸의 털 전부를 파르르 떨어대며 어쩔 줄을 몰라 했다.

바로 이게 약점이다.

수천 개의 감지 센서가 너무 예민해서 이렇게 소리를 지르면 정신이 반쯤 나가 버린다.

"얘들아! 조져!"

내 명령을 받은 블링이와 꼬맹이가 푸르푸르를 공격했다.

푹!

꼬맹이의 손톱이 푸르푸르의 털 속에 감춰진 육신을 찔렀다. 순간 푸르푸르의 하얀 털이 거뭇하게 변하며 시든 꽃잎마냥 축 처졌다.

그때 블링이가 몸을 그물처럼 크게 부풀려 푸르푸르의 전신을 덮은 뒤 녹였다.

"그만, 그만! 코어는 보호해야지!"

"뀨웃!"

블링이는 푸르푸르의 몸이 더 녹기 전, 심장에서 코어를 꺼내 무사히 내게 가져왔다.

"잘했어."

난 그런 블링이의 머리를 쓰다듬어 주고서 코어를 꿀꺽 삼켰다.

"당신⋯ 아, 아니, 아진 님."

그때 뒤에서 이환의 떨리는 음성이 들려왔다.

"정체가⋯ 뭐예요?"

난 씩 웃고서 대답했다.

"테이머요."

*   *   *

이환은 시종일관 아진과 그의 곁에 딱 달라붙어 가는 몬스터들에게서 시선을 떼지 못했다.

'테이머라니. 한 번도 들어보지 못한 직업이야.'

비욘더들은 크게 세 가지 계열로 나뉜다. 그리고 그 안에서 자신의 주특기에 따라 직업이 세분화된다.

같은 피지컬 비욘더라 하더라도 검술에 능한 사람이 있고 무투에 능한 사람이 있다.

전자의 경우는 검사가 되고, 후자의 경우 무투가가 된다.

매지컬 비욘더들의 경우는 직업이 세분화되지 않는다. 디들 통칭 마법사라고 불린다.

반면, 센서블 비욘더들은 가장 많은 직업군을 갖고 있다.

정신 에너지로 발현되는 능력은 그 종류의 수가 대단히 많기 때문이다.

'그럼 아진 님은 센서블 비욘더이신가 봐.'

그건 그렇고 아진에게 정말 궁금한 게 하나 있었다.

"아진 님. 뭐 하나 물어봐도 돼요?"

"얼마든지."

"푸르푸르가 큰 소리에 약하다는 거 어떻게 아셨어요?"

"그럴 거 같았어요."

그 말에 눈을 두어 번 꿈뻑거리던 이환이 주먹을 꽉 쥐고 소리쳤다.

"거, 거짓말! 그게 말이 돼요?"

"진짜예요."

아무래도 아진이 자신을 무시하는 것 같다는 생각이 들었다. 그래서 이환은 더 세게 나가기로 했다.

"흥! 제가 그런 거짓말에 넘어갈 것 같아요? 전 어른이라구요!"

아진은 볼을 긁적이며 대꾸했다.

"어른이랑 거짓말에 속는 거랑 무슨 상관이에요?"

"네?"

그건… 그렇지.

어른도 거짓말에 속을 수 있는 거다.

이환이 생각해 보니 별 상관이 없는 말 같았다.

"그리고 저는 거짓말 안 했거든요. 진짜 그냥 그런 느낌이

들었어요. 푸르푸르의 너울거리는 하얀 털 뭉치를 보는 순간 머릿속에서 이렇게 띵—! 하고, 저게 약점이다! 라는 느낌이."

"거짓말……."

"진짜라니까요."

아진이 제발 좀 믿어달라는 얼굴로 진지하게 말했다. 결국 이환은.

"…지, 진짜요?"

넘어가고 말았다.

'푸하하하하하하하하!'

그 순진한 얼굴이 귀여워서 피식피식 웃음이 새 나오려는 것을 아진은 가까스로 참으며 고개를 끄덕였다.

"어서 가요. 나머지 푸르푸르들도 정리해야죠."

"아, 네."

뒤쳐져 있던 이환이 토다다다 달려서 아진의 곁에 바짝 붙 어 섰다.

아진이 푸르푸르들의 약점을 공략한다고 해도, 만약이라는 것이 있다.

잠깐 방심한 사이 몬스터의 변칙 공격에 당해 크게 다치는 성우가 나만사나.

때문에 가람검법을 익힌 그녀가 아진을 지켜주는 게 맞았 다.

"근데 이환 씨, 그거 알아요?"

"네? 뭐요?"

"이환 씨, 생각보다 엄청 순진하다는 거."

"갑자기 그게 무슨⋯ 아! 혹시 거짓말한 거였어요?"

"당연하죠. 그걸 믿는 게 더 이상한거지."

"너무해요! 난 아진 님 말 다 믿었는데, 어떻게⋯⋯!"

"잠깐! 푸르푸르 나타났어요!"

그 말에 이환은 화를 내다 말고 발도하며 아진의 앞에 섰다. 그녀는 뼛속까지 무인이었다. 검을 뽑아야 하는 상황이 오면 오직 적에게만 집중한다. 다른 것들은 모조리 잊는다. 그게 무인의 자세였다.

그런데 아진이 이환의 어깨를 잡고 뒤로 끌었다.

"죽이지 마요."

"네?"

"테이밍할 거거든요."

아진이 빙그레 웃었다.

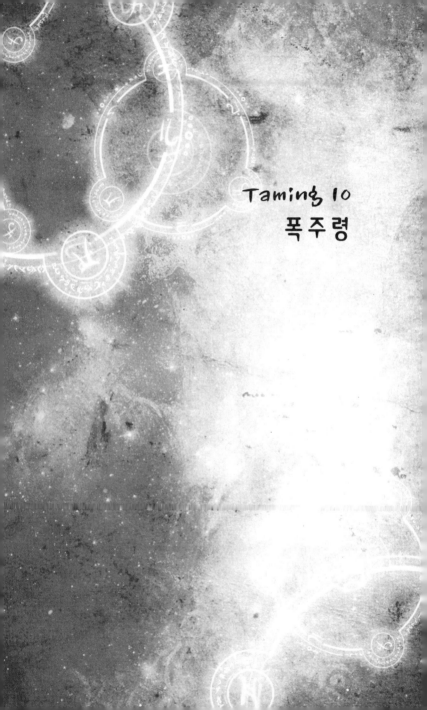

Taming 10
폭주령

"아아아아아아악!"

벌써 5분째 난 고함을 지르고 있었다. 던전을 쩌렁쩌렁 울리는 고함 소리 앞에 푸르푸르는 아무것도 못 하고 고통스러운 신음만 흘렸다.

"라, 라라랑……."

푸르푸르의 목소리는 마치 하프 현을 튕기는 것처럼 맑고 아름다웠다. 신음조차 음악처럼 느껴질 정도다.

의외로 큰 약점을 갖고 있는 이 녀석이 위험한 것에는 마법뿐만 아니라 이 목소리도 한몫한다. 은근히 사람의 마음을 건드려 긴장이 풀어지게 만들기 때문이다.

"아직도 개길 거냐?"

잠시 고함지르던 것을 멈추고서 물었다.

내 말을 알아듣지는 못해도 뜻은 충분히 전달되었을 것이다.

한참을 시달린 푸르푸르는 전의를 거의 상실한 상태였다. 하지만 아직 완전히 굴복한 건 아니었다.

녀석의 털 속에서 침이 박힌 촉수 하나가 갑자기 튀어나왔다.

'내 이럴 줄 알았다.'

미리 대비를 하고 있던 터라 뒤로 날렵하게 물러나 촉수를 피했다.

"꼬맹아!"

옆에서 대기하고 있던 꼬맹이가 손을 뻗었다. 회수되던 촉수가 꼬맹이의 손에 잡혔다. 꼬맹이가 붕 날았다. 그리고 바닥에 착지하며 반대쪽 손을 말아 쥐었다.

"토톳!"

빠악!

꼬맹이의 주먹이 푸르푸르를 세게 쥐어박았다.

"라라랑!"

푸르푸르가 비명을 질렀다.

"톳!"

빡!

꼬맹이의 매운 주먹이 한 대 더 박혔다.

"라라랑!"

꼬맹이는 주먹을 연타로 날렸다.

내 고함도 가세했다.

"으아아아아아아아악!"

푸르푸르가 본격적으로 정신을 차리지 못하기 시작했다. 인정머리라고는 발톱의 때만큼도 없는 협공이긴 했다. 거기에 블링이도 가세했다.

"뀨우~!"

블링이는 자신의 몸으로 푸르푸르의 털을 살짝살짝 녹이며 정신적 고문을 더했다.

"라… 라랑."

푸르푸르가 심하게 동요했다. 하지만 거기에만 신경을 쓸 새가 없었다.

"토옷!"

빠박!

"으아아아아악!"

꼬맹이의 구타와 나의 고함이 여전히 진행 중이었기 때문이다.

"뀨우우~!"

"토토로토톳! 토토톳!"

빠바바바박! 빠바박!

"으아아아아아아아칵?! 크헥! 컥! 콜록! 콜록!"

아뿔싸, 사레들렸다.

정신없이 이어진 소환수들과 나의 협공에 푸르푸르는 혼이 나가 버렸다.

"라랑……."

푸르푸르의 하얀 털이 전부 아래로 축 처졌다. 완벽하게 전의를 상실한 것이다.

역시 말로 달랠 수 없는 것들은 쥐어 패는 게 상책이다.

"저기… 그거 흡사 왕따시키는 광경 같아요."

멀찍이 떨어져서 상황을 지켜보던 이환이 식겁한 얼굴로 말했다.

"지금 푸르푸르 감싸는 거예요?"

"네, 네?"

"몬스터 감싸다가 그쪽도 똑같은 꼴 당하는 경우가 생겨요."

"시, 싫어요!"

이환의 한 걸음 더 물러서서 고개를 좌우로 절레절레 저었다.

리액션 좋고. 놀리는 맛이 있다.

자, 그럼 테이밍해 볼까?

"술식, 지배."

술식을 사용하기 위한 기운으로 바뀐 포스가 퍼져 나갔다.

그것은 푸르푸르의 몸에 닿았다. 힘없이 늘어져 있던 푸르푸르의 흰 털이 고슴도치처럼 일어났다. 이어, 녀석과 내 정신이 하나로 이어졌다. 테이밍이 끝난 것이다.

"푸르푸르."

내가 부르자 푸르푸르가 온몸의 부드러운 털을 너울거렸다. 녀석들이 기분 좋을 때 보이는 행동이다.

"앞으로 네 이름은 흰둥이야. 오케이?"

푸르푸르는 고개를 끄덕였다.

"이리 와, 흰둥아."

푸르푸르가 미끄러지듯이 움직여 내게 다가왔다. 하지만 그리 보일 뿐, 실상은 풍성한 털에 감춰진 두 발로 앙증맞게 걷고 있는 것이다.

"앞으로 잘 지내보자."

"라라랑~!"

흰둥이는 내 다리에 몸을 비볐다. 그러자 꼬맹이와 블링이도 득달처럼 달려와 너도 나도 몸을 비벼댔다.

어쩐 클럽 온 기분이 든다?

*　　　　　*　　　　　*

아진은 씩씩하게 앞장서서 던전을 탐색하고 있었다.

이환은 그런 아진을 뒤따랐다. 그녀의 시선은 아진의 걸음

걸음마다 쫄래쫄래 따라붙는 세 마리의 몬스터들에게 고정되어 떨어질 줄을 몰랐다.

'아, 귀여워.'

세상에 몬스터가 이다지도 귀여울 줄은 몰랐다. 꿈에서도 상상해 본 적 없었다. 몬스터를 길들이다니?

세 마리의 몬스터들은 마치 주인에게 죽고 못 사는 강아지들 같았다.

'강아지 같은 고양이를 개냥이라 그러니까 쟤네들은 개스터?'

"푸훗! 쿡!"

혼자 생각하던 이환이 빵 터졌다.

아진이 힐끔 돌아보더니 그녀에게 물었다.

"웃는 거예요, 우는 거예요?"

"아, 아니에요."

"어느 쪽이든 상관없는데 갑자기 그러지 말아요. 몬스터들 상대해야 하는데 머리에 꽃 꽂은 사람까지 챙길 여유 없어요."

"네? 저 머리에 꽃 안 꽂았는데요?"

미친년이라는 뜻을 돌려 말한 건데 전혀 알아먹지를 못한다.

아진은 아무것도 아니라며 다시 길을 걸었다.

이환은 계속 아진의 뒤를 따랐다. 그러다 문득 궁금했던 게 떠올랐다.

"근데 아진 씨. 아까 푸르푸르 잡고 심장에서 꺼낸 돌은 왜 먹은 거예요?"

"제가 희귀병이 있거든요. 근데 그걸 먹어야 산대요."

"네에?"

"그거 말고는 치료약이 없대요. 그러니까 그쪽도 몬스터 잡으면 심장에서 꼭 그거 꺼내서 나 줘요. 계속 먹지 않으면 언제 요단강 건널지 몰라요."

설마 이런 얘기도 믿을까?

"알았어요, 아진 씨! 다 드릴게요! 전부 드세요!"

믿는다.

정말이지 순수함의 극치를 달리는 여인이었다.

이환은 자기 나름대로 아진에 대해 정리해 봤다.

몬스터들을 테이밍해서 애완동물처럼 데리고 다니는 센서블 계열의 비욘더, 테이머. 현재 세 마리 테이밍했음. 희귀병에 걸림. 몬스터의 몸에서 꺼낸 돌을 먹어야 살 수 있음. 키가 큼. 나름 잘생겼음.

'어머나.'

무심코 외모에 대해 평가를 내려 버린 이환의 얼굴이 화끈 달아올랐다.

*   *   *

뭔가 좀 이상하다.

벌써 던전에 들어선 지 한 시간째인데, 처음 만났던 두 마리를 제외하고 더 이상 푸르푸르의 모습을 찾아볼 수 없었다.

"이것들이 단체로 소풍이라도 갔나."

이상했다.

던전 경험이 두 번밖에 없는 나지만 이런 경우는 처음이었다. 이건 문제가 있는 게 확실했다. 왜? 이환은 나 이상으로 당황하고 있었으니까.

"어째서 몬스터들이 보이지 않는 걸까요?"

"나 이번이 세 번째 경험입니다만."

"아, 그랬죠, 참."

이환은 한 손으로 턱을 괴고 다른 손은 검 손잡이에 얹은 자세로 걸었다.

그녀의 얼굴에는 의문이 가득했다.

그러다가도 이따금씩 날 따르는 몬스터들을 보고서 헤실헤실 웃었다.

혼잣말로 '귀여워어어어'라고 신음처럼 중얼거리기도 했다.

딴에는 내 귀에 그 말이 안 들릴 줄 알았나 보다.

아니면 스스로의 입에서 어떤 말이 새 나가고 있는지도 인지 못 했다거나.

그렇게 우리는 삼십 분을 더 걸었다.

몬스터와 맞닥뜨리는 일 없이 쭉쭉 앞으로 나가다 보니 스

피디하게 던전의 곳곳을 조사할 수 있었다.

그럼에도 아직 푸르푸르의 그림자조차 보지 못했다.

이환이 여전히 한 손은 턱에, 다른 손은 검 손잡이에 얹은 채 고개를 갸웃거렸다.

"이 정도면 던전을 거의 다 돌아본 것 같은데요? 아까 두 갈래 길 있죠? 거기로 돌아가서 왼쪽 길로 가볼래요? 아마 외길일 거예요. 조금 걸으면 막다른 길이 나올 테고."

"어떻게 알아요?"

"정확하진 않지만요, 제가 지금껏 돌아본 2레벨 던전의 규모는 딱 그 정도였거든요. 아마 거기서 다시 갈림길이 나오거나 하진 않을 거예요."

"알았어요, 가봐요."

이환이 말하지 않았어도 어차피 가봐야 했던 길이다.

우리는 갈림길로 되돌아간 뒤 왼쪽 통로로 향했다. 통로는 짧았다. 이환의 말대로 통로의 끝은 막다른 길이었다. 더 이상 갈림길은 나오지 않았다.

다만, 거기엔 있어서는 안 될 것이 있었다.

"아……!"

이환이 놀란 신음을 흘리며 스스로의 입을 틀어막았다.

시종일관 침착했던 나조차도 이번에는 조금 황당했다.

아그작. 까드득. 콰득!

뼈와 살을 씹어 삼키는 괴기한 소리가 작지만 확실하게 들렸다.

우리 앞엔 거대한 푸르푸르가 서 있었다. 소름 끼치는 소리는 녀석의 털 속에서 흘러나오고 있었다.

아 물론, 보통 사람들이 듣기에 소름 끼친다는 거고, 내게는 별 감흥이 없었다.

그럼에도 황당함을 느꼈던 건, 2레벨 던전에 있어서는 안 될 녀석이 있었기 때문이다.

'아니, 따지고 보면 2레벨 몬스터가 맞긴 하지.'

문제는 바윗덩이만 한 덩치로 봤을 때 녀석은 족히 4성은 되어 보인다는 것 정도? 게다가 털이 하얀색이 아닌 황금색이다.

'퀸!'

녀석은 푸르푸르 일족의 여왕이었다. 푸르푸르는 여왕의 후계자들만 황금색 털을 지니고 태어난다.

그러니까 일반적인 4성 푸르푸르보다 훨씬 강하다는 얘기다.

까드득. 오도독.

계속해서 무언가를 씹고 있는 녀석의 주변은 붉게 물든 털이 가득 널려 있었다.

바닥은 피바다였다.

오독. 오독.

이 녀석, 동족을 잡아먹었다. 이제 알겠다. 푸르푸르 계속해서 나타나지 않았던 이유. 1성 몬스터만 등장하던 던전에 4성 몬스터가 떡하니 버티고 있는 이유.

여왕이 우리의 존재를 느끼고 다른 몬스터들을 유혹해서 잡아먹어 성장한 것이다.

'하긴, 그렇게 비명을 질러댔으니 충분히 알아챘겠지.'

푸르푸르는 1레벨 몬스터들보다 지능이 조금 더 발달했다. 그래서 아주 간단한 이성적 판단이 가능하다.

내가 흰둥이를 테이밍시키기 위해 꼬맹이와 협력해서 괴롭힐 때 멀리 떨어져 있던 푸르푸르 한 마리가 그 광경을 봤을 것이다. 그리고 돌아가서 다른 동료들에게 이를 알렸겠지.

소문은 빠르게 퍼졌고 여왕의 귀에도 얘기가 들어갔다.

여왕은 판단했다.

오합지졸이 떼로 덤비느니 자신이 강해져서 제압하는 게 나을 것이라고.

그게 아마 거의 맞는 시나리오일 것이다.

꿀꺽!

"라라랑?"

입안에 있던 것을 전부 씹어 삼킨 여왕의 털이 격하게 일렁였다. 그것은 놈이 흥분했음을 알려순다. 기분이 좋을 때는 살랑바람이 어루만진 듯 부드럽게 일렁이지만 흥분을 하면 파도처럼 격하게 출렁거린다.

놈은 우리에게 겁을 먹지 않았다.

완벽한 사냥감으로 보고 있었다.

그럴 만도 했다. 4성 푸르푸르, 그것도 여왕의 씨앗이라면 2서 클급의 얼음 마법을 사용하고, 큰 소리에 민감해지는 약점까지 사라진다.

몸놀림은 날래고 촉수의 수가 하나에서 다섯 개로 늘어나며, 바늘 끝엔 독이 묻어 있어 1차적으로 마비가 오고, 12시간 이내로 해독시키지 못하면 죽는다.

물론 중독되어 죽기 전에 녀석에게 잡아먹혀 죽겠지만.

아울러 몸에 달린 수천 개의 털 하나하나를 강철처럼 딱딱하게 만들 수 있다. 가시를 세운 고슴도치처럼 변하는 것이다. 어지간한 실력이 있지 않고서야 녀석의 몸에 무기를 쑤셔 넣는 건 힘든 일이다.

샤아아아—

내 앞에서 맑은 바람 한 줄기가 불었다. 바람이 지나가고 난 다음엔 익숙한 뒷모습이 보였다. 이환이었다.

그녀는 검 끝을 푸르푸르 퀸에게 겨누었다.

"아진 씨. 이 녀석은 어떻게 상대해야 돼요?"

"상대 못 해요."

"네? 뭔가 약점 같은 거 몰라요?"

"지금의 우리 실력으로는 딱히 약점 잡힐 게 없는 녀석이에요."

이환의 미간이 살짝 구겨졌다. 그녀는 잠깐 생각을 정리하더니 바로 말했다.

"도망치세요."

"응?"

"제가 시간을 벌어볼 테니 최대한 멀리 도망가세요. 이지스실드 밖으로만 나가면 무사할 거예요."

"그럼 그쪽은?"

"둘 다 살 수 없다면 한 명이라도 살아야 해요."

"당신이 살아도 되는 문제잖아요?"

"저는 이런 상황에서 도망가는 법은 배우지 못했어요. …어떻게든 제가 막습니다."

이환의 몸에서 지금까지 느껴보지 못했던 강렬한 기운이 퍼져 나왔다. 두 손으로 검을 쥐고 푸르푸르 퀸을 노려보는 이환에게서 무르던 모습은 찾아볼 수 없었다. 그녀는 완벽한 무인이자 검사였다.

하지만 나 역시 그녀를 두고 혼자 도망칠 생각은 없다.

4성의 푸르푸르 퀸이 상대하기 곤란한 존재이긴 하지만 둘이 힘을 합쳐 상대하면 희박한 확률로 사냥할 수 있을지도 모른다. 그리고 결정적으로 이환이 몰라서 하는 얘긴데 이미 녀석과 마주한 상황에서 도밍은 불가능하다.

왜?

쉿쉿!

"조심해!"

내가 소리쳤다.

푸르푸르 퀸이 바람처럼 빠르게 움직였다. 눈 깜짝할 새 이환의 지척까지 다가온 푸르푸르 퀸, 녀석의 몸 안에서 촉수가 쏜살같이 튀어나왔다.

카앙!

이환이 검을 휘둘러 촉수를 쳐냈다.

보다시피 4성까지 진화한 녀석들은 상당히 빠르다.

도망치려고 등을 보이는 순간 촉수에 심장이 뚫린다.

이환이 내 뒷덜미를 잡고 뒤로 훌쩍 물러났다. 나를 따라 내 소환수들도 움직였다.

녀석들은 푸르푸르 퀸을 보며 잔뜩 긴장해서 바들바들 떨고 있었다. 하지만 전의를 상실하지는 않았다. 내게 테이밍된 순간부터 충성을 다할 놈들이다. 공격 명령을 내리면 죽음을 각오하고서라도 덤벼든다.

하지만 이놈들을 희생할 생각은 없다.

'어떻게 상대해야 하지?'

머리를 굴리는 사이 이환의 기운이 더욱 날카로워졌다.

"이제부터 전력을 다하겠어요. 인챈트, 라이트닝."

어? 이건… 마법 시전어?

치직! 치지지지직!

그녀가 시전어를 외침과 동시에 검에서 푸른빛 스파크가 맹렬하게 튀었다. 그것은 뇌전이었다.

"어? 어떻게 검에 뇌전이? 웨폰 회사에서 만든 아티팩트예 요?"

"아니요, 설명이 늦었네요. 전 매지컬 비욘더예요. 각성한 분야는 전격 마법."

"마검사……?"

"네, 마검사랍니다."

마법과 검을 동시에 사용하는 이들을 마검사라고 한다.

하지만 그런 부류의 비욘더는 거의 없다. 두 가지 분야를 동시에 연마하기란 힘든 일이기 때문이다. 하나 가람파에서 가람검법을 연마해 온 이환이라면 가능하다.

기본적으로 뛰어난 무예 실력과 피지컬을 자랑하던 이가 매지컬 비욘더로 각성했다면 얼마든지 납득이 된다.

파지지직! 파직!

그녀의 검신을 감싸 안은 뇌전이 더욱 강렬해졌다.

이제 알겠다.

이환이 왜 전격의 검이라고 불리는지.

파앗!

푸르푸르 퀸과 이환이 동시에 튀어나갔다.

카앙!

이번에도 촉수와 검이 맞부딪혔다. 하지만 이환은 전처럼 밀리지 않았다. 뇌전의 검은 머뭇거림 없이 밀고 나갔다.

서걱!

푸르푸르 퀸의 촉수가 잘렸다.

상처가 난 부위를 통해 뇌전이 흘러들어 갔다.

지지직!

"라라라라랑!"

푸르푸르 퀸의 전신이 심하게 요동쳤다. 녀석이 뒤로 슬쩍 물러났다. 이환의 눈에서 한 줄기 섬광이 일었다. 기회를 잡았다. 그녀가 숨 돌릴 틈 없이 안으로 파고들었다.

카카카카캉!

손에 들린 검이 잔상을 남기며 사방을 때렸다. 가람검법의 기본 요체는 변화무쌍함이라고 들었다. 이환의 검은 어디로 움직일지 예측하는 게 힘들었다.

횡으로 휘둘러지는 듯하다가 사선으로 내려가고, 내려치는 듯하다, 그대로 찔러 들어온다.

네 개의 촉수와 하나의 검이 계속해서 부딪치며 스파크를 튀겼다. 흡사 유성과 유성이 부딪치는 듯한 광경이다.

언뜻 보면 서로 팽팽하게 맞서는 것 같지만 전혀 그렇지 않다. 계속 저대로 간다면 결국 이환은 힘에 부치게 될 터다.

게다가 더 큰 문제가 하나 있다.

"털을 조심해!"

내 말이 끝나기가 무섭게 푸르푸르 퀸의 몸에서 바늘처럼 딱딱해진 털 무더기가 화살처럼 튀어나왔다.

카카카캉!

이환의 뒤로 몸을 날리며 검을 크게 털었다.

하지만 모든 바늘을 쳐낼 순 없었다.

"큭!"

바닥에 착지한 그녀의 어깨와 복부를 바늘이 관통하고 지나갔다.

찢어진 옷을 붉은 피가 빠르게 물들였다.

"쿨럭!"

이환이 피를 토했다.

난 주머니에서 힐링 포션을 꺼내 그녀에게 건넸다.

"마셔요!"

이환이 힐링 포션을 힘겹게 마셨다.

상처는 금세 치료되겠지만 대미지는 그대로 남는다. 떨어진 체력도 차오르진 않는다.

위기다.

푸르푸르 퀸은 털을 쭈뼛쭈뼛 세우고서 우리에게 다가왔다.

위기를 느낀 순간 나도 모르게 그날의 악몽이 떠올랐다.

아르마의 검이 나의 복부에 박히던 바로 그날.

유난히도 달이 밝았던 그날.

푸욱!

"…아."

그때 느꼈던 것과 비슷한 통증이 복부에서 느껴졌다.

시선을 내려 보니 내가 미처 반응할 틈도 없이 수십 개의 바늘이 박혀 있었다.

바늘 사이엔 녀석의 촉수도 함께였다.

"이런 미친……!"

욕이 절로 흘러나온다.

어떻게 돌아온 지구인데, 이토록 허무한 끝을 맞을 순 없었다. 의식이 흐려졌다. 죽는다. 정말 죽을지도 모른다. 본능이 위기가 찾아왔음을 내게 알렸다. 그 순간.

"마나 플런더를 익혀 몬스터의 코어를 흡수해서 성장하는 우리 가문의 사람들은 늘 폭주령을 조심해야 한단다. 자칫 잘못하다간 두 번 다시 폭주령의 상태에서 돌아오지 못할 수도 있으니."

바라반의 말이 떠올랐다.

그리고… 내 안의 무언가가 폭주했다.

낯설지 않다.

이 기분을 분명히 난 한번 느껴보았다.

그래, 그때였다.

아르마의 검에 심장과 뱃가죽이 작살나고 호위기사 베르데가 들이닥쳤던 그때.

내 안의 무언가가 폭주했다.

이후의 기억은 없다.

정신을 잃었고 눈을 떴을 때, 난 숨이 끊어진 베르데의 시체와 함께 숲속에 누워 있었다.

＊　　　＊　　　＊

“아진 씨!”

이환이 소리치며 빠르게 돌진했다.

“라이트닝 애로우!”

검을 휘두름과 동시에 전격 마법을 시전했다.

콰르릉!

그녀의 검이 우레와 같은 소리를 내며 아진의 배에 박힌 촉수를 잘라냈다.

파지직! 지직!

라이트닝 애로우는 푸르푸르 퀸의 몸체에 적중했다. 하지만 별다른 충격은 없는 듯했다.

이환은 아진의 앞을 가로막고 섰다.

“뀨우웃!”

“토톳!”

“라라랑!”

세 마리의 소환수도 이환의 옆에 포진했다.

“라라랑~”

푸르푸르 퀸의 더없이 느긋한 음성이 이환의 신경을 긁었다. 녀석은 조금도 긴장하지 않았다. 지금 이 상황을 놀이처럼 즐기고 있었다.

"어서 힐링 포션을 마셔요!"

이환이 다급히 말했으나 아진은 아무런 행동도 하지 않았다.

"아진 씨?"

놀란 이환이 고개를 돌렸다.

그 순간을 놓치지 않고 푸르푸르 퀸의 촉수 세 개가 날아들었다. 살기를 감지한 이환은 검을 휘두르려 했지만 이미 한 발 늦었다.

'이런!'

그녀는 낭패임을 느끼고서 아랫입술을 꽉 물었다.

그 순간.

퍼퍼퍽!

촉수 세 개가 살을 뚫고 박히는 소리가 들려왔다. 하지만 고통은 따르지 않았다. 그녀의 앞엔 분명 뒤에 서 있어야 할 아진의 등이 보였다.

"아진… 씨?"

"……."

아진은 아무 말도 하지 않았다.

그가 몸에 박힌 세 개의 촉수 중 두 개를 손으로 잡아 비틀어 끊었다.

뚜두둑. 뚝.

"라라라라랑!"

예상치 않았던 고통에 놀란 푸르푸르 퀸이 고함과 함께 나머지 촉수를 회수하려 했다. 하지만.

덥석.

아진의 손에 잡혔고.

콰직! 뚝.

비틀어 끊어졌다

"라라랑!"

푸르푸르 퀸은 적잖이 놀랐다. 이환도 놀랐다. 소환수들은 전세가 역전되자 통통 튀며 신나했다.

그때였다.

허공에서 서리가 맺히더니 순식간에 뭉쳐 화살 다섯 대가 되었다.

2서클 빙결 마법 아이스 애로우였다.

쐐애애애애액!

아이스 애로우 다섯 발이 코앞에서 아진의 몸 곳곳으로 날아들었다.

아진은 피하지 않고 그대로 맞았다.

퍼퍼퍼퍼퍽!

팔과 다리, 복부에 구멍이 뚫리며 피가 튀었다.

하지만 비명 한번 지르지 않았다.

아진이 숙이고 있던 고개를 들었다.

두 눈에서 붉은 안광이 흘렀다. 미간은 잔뜩 일그러졌다. 그에게서 흡사 맹수와도 같은 기세가 뿜어져 나왔다.

"크르르……"

아진의 입에서 짐승이 으르렁거리는 소리가 새어 나왔다.

그에게서 이성이 사라졌다. 머릿속에서는 누군가의 목소리만이 계속해서 맴돌았다.

"이건 너를 위한 일이다. 넌 우리 가문을 이어야만 해. 지금은 괴롭겠지만 안심하거라. 이 기억은 전부 지워질 테니. 아, 물론 살아남는다면 말이다."

"크아아아아아아아!"

아진이 포효했다. 그가 몸을 잔뜩 낮춰 바닥에 엎드리더니 번개처럼 튀어 나갔다. 마치 늑대가 질주하는 것 같았다.

아진에게로 수십 개의 바늘이 날아들었다. 아진은 두 팔로 얼굴만 가리고서 온몸으로 바늘을 받으며 돌진했다.

콰앙!

그의 주먹이 푸르푸르 퀸 뒤편의 벽에 작렬했다.

쿠르르!

주먹질 한 방에 벽의 단면이 돌덩이가 되어 무너졌다. 그중 가장 큰 것이 아진의 손에 잡혔다.

콰앙!

아진은 돌덩이로 푸르푸르의 몸을 내려쳤다.

여전히 날 선 가시는 돌덩이를 부수고 아진의 손까지 뚫었다. 그러나 개의치 않았다. 푸르푸르에게 약간의 대미지가 전해졌다. 녀석이 당황하는 사이 아진은 놈의 밑 부분에 한 손을 집어넣어 그대로 뒤집었다.

그러자 바늘 속에 감추어진 발바닥 두 개가 드러났다.

아진이 오른발을 잡아 우악스럽게 비틀었다.

두두둑!

"라랑!"

이어 그대로 뽑았다.

살과 근육이 찢어지며 붉은 피가 사방으로 튀었다. 하얀 뼈가 드러났다. 걸레가 된 살덩이와 함께 뼈 관절이 뽑혔다. 아진은 푸르푸르 퀸의 다른 쪽 다리도 잡아 뜯었다.

"라라라랑!"

두 다리를 잃어버린 푸르푸르 퀸이 고함을 질렀다.

아진은 다리가 뜯겨 벌어진 상처 속으로 손을 집어넣었다. 그리고 잡히는 것을 모조리 밖으로 끄집어냈다. 아진의 두 손에 푸르푸르 퀸의 살덩이와 뼈와 피와 내상이 끌려 나왔다.

"라라라라라랑!"

푸르푸르 퀸이 몸을 미친 듯이 뒤집으며 온몸의 바늘을 마구 쏘아댔다. 하지만 바늘은 애꿎은 벽과 바닥에만 박힐 뿐이었다.

온갖 보기 흉한 것들이 푸르푸르 퀸의 몸에서 계속 빠져나왔다. 그때 이성이 나가 버린 아진의 시야에 과거의 기억이 겹쳤다.

달 밝은 밤.

가슴과 복부에 검이 꽂혔던 그날.

아르마의 소환수들과 베르데가 맞서 싸우던 그 개 같은 날.

아진은 의식을 잃었다. 하지만 쓰러지지 않았다. 그의 안에 있던 또 다른 힘, 폭주령이 그를 지배해 일으켜 세웠다.

베르데는 몬스터와 제대로 검을 섞어보기도 전에 기습적인 일격을 허용하고 허물어지는 중이었다.

아진은 그런 베르데를 지나쳐 나갔다.

아르마에게 돌진하던 아진의 앞을 몬스터들이 가로막았다.

아진이 손을 우악스럽게 휘둘렀다. 몬스터들의 몸이 종잇장처럼 찢겼다. 붉은 피가 사위를 물들였다. 조각난 뼈와 형체를 알아볼 수 없는 살덩이들이 바닥에 늘어졌다.

한 마리, 두 마리, 세 마리, 네 마리. 아진의 앞을 막는 족족 목 없는 시체가 되었다.

그래도 몬스터들은 계속해서 아진의 앞을 가로막았다.

아진은 자신의 몸을 돌보지 않고 맹목적으로 아르마만을 노렸다. 그녀의 눈은 기묘하게 떨렸다.

"아르… 넬로?"

자기가 알던 사람이 아니었다.

죽여야 했다. 애초부터 그럴 생각이었지만 더 확실하게 죽여야 했다. 위험하다. 너무나 위험한 사람이었다.

몬스터의 희생이 따르겠지만 분명히 아르넬로는 죽는다.

하지만 잠깐 동안 잊고 있던 존재가 상황을 다른 국면으로 이끌었다.

쓰러졌던 베르데가 번개처럼 일어나 아진의 몸에 무엇인가를 주사했다. 아진의 눈에서 광기가 사라지고 눈꺼풀이 내려앉았다. 베르데는 아진을 품에 안고 창문으로 뛰어내렸다.

찰나지간 지나쳐 간 기억의 편린은 그것으로 끝.

"크아아아아!"

아진은 껍데기만 남은 푸르푸르 퀸 앞에서 포효했다. 그러다 그 가죽마저 잡아 죽죽 찢었다.

푸르푸르 퀸의 형체는 이미 찾아볼 수가 없었다.

그저 차마 눈 뜨고 보기 힘들 정도의 잔인한 참상만이 펼쳐져 있을 뿐이었다.

"아진 씨! 정신 차려요!"

이환의 말에 아진의 시선이 그녀에게 향했다.

"아진 씨, 지금 어서 포션을 마셔야 해요. 안 그러면 위험해진다구요!"

이환의 얘기를 아진은 듣지 않았다.

그는 이환에게 맹렬한 적의를 드러내면 한 발 한 발 다가가다 화살처럼 몸을 날렸다.

이환은 지척까지 다가온 아진을 피하지 않았다. 그렇다고 검을 들이밀지도 않았다. 그냥 그를 바라보고 서 있었다. 아진의 피투성이가 된 손이 이환의 목을 그러쥐었다.

"크르르……"

하지만 더 이상 손에 힘이 들어가지 않았다.

아진의 눈이 서서히 감겼고.

털썩.

그의 몸은 힘없는 모래성처럼 허물어졌다.

푸르푸르 퀸의 촉수에 세 방이나 얽어맞고 바늘이 몸 곳곳을 벌집으로 만들었으니 지금까지 견딘 것만도 놀랄 일이었다.

이환은 가지고 있던 힐링 포션 세 개를 모두 꺼냈다. 당장 아진에게 이것을 먹여야 했다. 하지만 그냥 먹이려 하니 도통 입안으로 삼키지를 못했다.

'어쩌지?'

고민하던 이환은 힐링 포션을 자신의 입에 담았다. 그리고 아진의 머리를 젖혀 기도를 연 뒤, 입을 포개고 세게 밀어 넣었다.

이환의 입에 담긴 힐링 포션이 아진의 입으로 전해졌다. 이윽고 목을 타며 무사히 몸 안으로 흘러 들어갔다.

이환은 남은 두 병도 모두 같은 방법으로 아진에게 먹였다.

엉망이었던 아진의 몸이 서서히 낫고 있었다.

하지만 아직 안심하기는 이르다.

이환은 해독 포션도 꺼냈다.

'제발, 제발, 살아나세요!'

그녀는 간절한 염원을 담아 해독 포션도 입에 담아 아진에게 입을 맞췄다.

꿀꺽!

아진의 목을 타고 포이즌 포션이 무사히 넘어가는 그 순간.

스으윽.

감겨 있던 아진의 눈이 떠졌다.

이환은 그대로 굳어버렸다. 너무나 가까운 거리에서 두 사람의 시선이 마주쳤다.

이환의 볼이 붉어졌다. 얼른 입을 떼야 하는데 워낙 당황한 나머지 몸이 말을 듣지 않았다. 머릿속이 하얘졌다. 심장이 터질 듯 뛰었다. 이러지도 저러지도 못하던 이환이 가까스로 입을 떼냈다. 그런데.

쪼옥.

참 민망한 소리가 흘러나왔다.

아진이 눈을 두어 번 꿈뻑거리다가 몸을 일으켜 이환을 바라보았다. 이환은 아무 말도 하지 못하고서 눈을 질끈 감았다.

아진이 자신의 입술을 만지작거리다가 툭 내뱉었다.

"처음부터 말을 하지."

"그, 그런 거 아니에요!"

블링이, 꼬맹이, 흰둥이가 몸을 배배 꼬며 좋아했다.

"뀨우우~"

"토토톳~"

"라라랑~"

"그, 그런 거 아니라니까!"

사람 살려놓고 기습 키스한 여자가 되어버렸다.

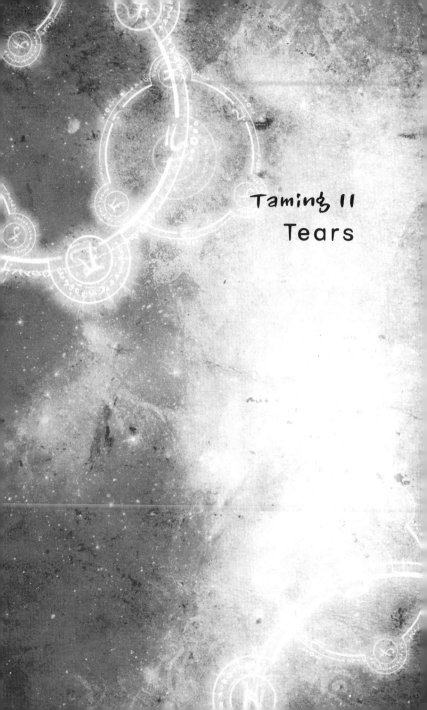

Taming 11
Tears

"정말 기억 안 나요?"

이환이 심각하게 물었다.

"네."

"하나도?"

"기억나는 거라곤……."

"뭔데요?"

"정신 차려보니 오늘 처음 본 여자가 키스하고 있었던 것밖에……."

"꺄악!"

이환이 비명 지르며 검을 휘둘렀다.

헛, 피하지 않았으면 진짜 두 동강 날 뻔했다.

"그, 그건 힐링 포션을 먹이려고 그랬던 거였다구요!"

"알았으니까 내 목에 겨눈 검은 좀 치우고 얘기해요."

"아."

이환이 얼른 검을 회수했다. 하지만 검집에 넣지는 않았다. 아무래도 신경 건들면 안 되겠군.

그나저나 살짝 놀린 것 같고 너무 격하게 반응하네. 이 여자 혹시?

"이환 씨."

"네."

"첫키스였어요?"

"꺄악!"

으다다다다! 또 베일 뻔했다!

"그만 좀 휘둘러요!"

"이제 그 얘기 하지 말아요!"

이환의 눈에 눈물이 찔끔 맺혔다. 허어, 설마 했는데 정말 첫키스였던 모양이다.

여기서 더 놀렸다간 내 목이 남아나질 않을 테니 그만 넘어가기로 했다.

"아무튼 우리 둘 다 살아서 다행이에요."

"그건 전부 아진 씨 덕분이라고 생각해요. 아진 씨가 푸르푸르를 잡아주지 않았으면……."

이환은 말을 다 끝맺지 못하고 아랫입술을 잘근 깨물었다. 무인으로서 나를 구하지 못했다는 것과 몬스터에게 생명의 위협을 느꼈다는 것, 그 두 가지 사실에 상당히 자존심 상한 모양이다.

사실 지금 나는 나대로 심각했다.

겉으로는 아무렇지 않은 척하고 있지만, 혼란스러운 게 사실이다.

대체 내가 어떻게 푸르푸르 퀸을 잡은 건지 도통 기억나질 않는다.

'이게 바로 폭주령의 상태.'

바르반은 내게 에스페란자 가문의 고유 마나 심법, 마나 플런더를 전수했다. 그는 내 체질 자체를 바꿔 마나 플런더로 포스를 축적해 나갈 수 있게 만들었다.

한데 그 부분도 잘 기억이 나지 않는다. 어떤 방법으로 내 체질을 바꾼 건지, 언제부터 마나 플런더로 성장할 수 있는 몸이 된 건지.

에스테리앙 대륙에 있던 10년의 세월 동안 딱 그 부분에 대한 기억만 지워져 있다.

아무튼 마나 플런더를 익힌 뒤 바르반은 내게 틈틈이 주의를 주었다.

폭주령을 조심하라고.

그것은 마나 플런더를 익힌 바르반 가문의 사람들에게 종종 나타나는 현상이라고 했다.

폭주령은 위기의 순간 찾아온다.

이성이 사라지고 비정상적인 힘을 발휘한다.

그리고 피아의 구분이 불가능해진다.

오로지 파괴 본능에 사로잡힌 괴물이 되는 것이다.

이환의 말을 들어보면 난 분명 폭주령 상태에 빠졌던 게 맞다. 재수가 없었다면 폭주령에서 벗어나지 못했을 테고, 계속 그 상태로 살았을 터였다.

하지만 난 기절하고 난 뒤 이성을 찾았다.

대체 마나 플런더가 가능한 체질로 바꾸는 방법이 무엇이기에, 폭주령 같은 부작용이 필연적으로 따라오는 건지 모를 일이다.

'위험해. 되도록 지금처럼 큰 위기에 처하는 일이 없도록 해야 돼.'

그러려면 더 빨리 강해져야 한다.

어떤 몬스터도 날 위협할 수 없을 정도로.

지금.

나는 또 한 번 도약할 수 있는 기회를 잡았다.

내 손엔 푸르푸르 퀸의 심장에서 꺼낸 코어가 있었다.

퀸의 자질을 가진 몬스터들의 코어는 에너지의 정수가, 일반 코어의 십수 배를 넘는 메가 코어다.

한데 푸르푸르 퀸은 동족을 잡아먹고 4성까지 성장했다.

즉, 이 메가 코어엔 여왕의 자질을 가진 1성 몬스터가 지니고 있는 코어보다 더더욱 정수의 양이 많다.

'이거 잘하면 3클래스까지 간다!'

난 코어를 입에 날름 집어넣어 삼켰다.

이환은 그런 날 측은하게 바라봤다. 코어를 먹어야만 살 수 있는 희귀병에 걸렸다는 거짓말을 철석같이 믿고 있었다.

코어의 기운이 목을 타고 넘어갔다. 식도 깊은 곳에서 거대한 힘이 폭발했다. 포스였다. 그것은 해일처럼 몰아쳐 사방으로 퍼져 나갔다.

포스를 가슴으로 이끌었다. 비어 있는 세 번째 고리에 포스가 빠르게 차올랐다.

'가자, 가자!'

눈 깜짝할 새 세 번째 고리에 포스가 반 이상 갈무리되었다. 그럼에도 아직 흡수되지 않은 포스의 양은 상당했다.

"아진 씨 괜찮아요?"

이환이 다가오며 물었다.

포스를 갈무리하느라 말을 할 수도, 몸을 크게 움직일 수도 없었다. 그런 내가 걱정된 모양이지만, 지금은 그 물음에도 대답하기 힘들었다.

고리는 계속 포스로 채워졌다.

"아진 씨?"

이환이 코앞까지 다가와 내 어깨를 흔들었다.

그때였다.

휘이이이이잉—

세 번째 고리가 포스로 가득 찼다.

3클래스의 힘을 회복했다.

심장에서부터 시작된 청량한 기운이 전신으로 퍼져 나갔다. 온몸의 세포가 더욱 강렬해진 포스의 파동을 느끼며 기뻐했다.

기연도 이런 기연이 없다.

죽을 위기를 넘겼더니 어마어마한 행운이 손에 들어왔다.

"후우우."

"아진 씨, 괜찮아요?"

이환은 끝까지 날 걱정하고 있었다.

하여튼 다른 사람 엄청 신경 쓰는 타입이다. 그만큼 착해 빠졌다는 얘기다. 저런 성격이 가장 남에게 당하기 쉬운 타입이다. 세상 무서운 걸 한번 알려줘야겠다.

"안 괜찮아요."

"네? 어디가요?"

"그냥 전체적으로다가……."

"어서 같이 나가요. 지금쯤이면 던전 주변에 의료반 사람들와 있을 거예요."

"지금 바로 괜찮아지는 방법이 있긴 한데."

"응? 뭔데요? 어서 말해봐요."

"뽀뽀해 주면……."

슈각!

…간발의 차이로 피했다.

이번엔 진짜 죽을 뻔했다.

허공에서 너풀거리며 떨어져 내리는 머리카락 몇 올이 내 모가지 같았다.

그녀에 대한 평가가 바뀌었다.

누군가 그녀를 속이기는 쉬울 것이다. 목숨을 내놓을 자신이 있다면 말이다. 그러니 크게 걱정할 필요는 없을 것 같다. 아, 다리 떨려.

*   *   *

"괜찮으십니까?"

던전에서 나오자 김태진 중위가 의료반 사람들과 우리를 맞이하며 물었다.

"네, 괜찮아요."

"정말 괜찮은 것 맞으십니까?"

태연한 내 대답에 김 중위는 미간을 심하게 찌푸리며 우리 두 사람의 몸 곳곳을 살폈다.

그러고 보니 우리 둘 다 온몸이 피투성이다.

특히 나는 더 심했다.

입고 있던 옷은 넝마가 되었고, 상하의 전부 원래 붉은색이었던 것마냥 새빨갰다.

"아, 힐링 포션으로 전부 치료했어요."

"그래도 혹시 모르니 꼭 비욘더 지정 병원에 가서 정밀 검사를 받아보십시오. 몬스터들에게 당한 상처는 후유증이 심하게 남는 경우가 제법 있다고 들었습니다."

"네, 그럴게요. 감사드려요."

이환이 진심으로 감사한 표정을 담아 말했다. 그에 김 중위의 뺨이 살짝 붉어졌다. 어쭈? 군인이 작전 수행 중에 비욘더한테 사심을 드러내?

"한데 2레벨 몬스터들을 상대한 것치고는 좀 격한 흔적들인 것 같습니다."

"거기에 대해서는 비욘더 길드에 가서 얘기할게요."

비욘더들은 자신이 토벌한 던전에서 특이 사항이 있을 시 반드시 보고할 의무가 있다. 또한 비욘더 길드는 그런 것들을 리포트로 만들어 던전 방위 사령부에 보내야 한다.

"알겠습니다. 고생 많으셨습니다."

이환과 내가 김 중위를 지나가려 할 때였다.

김 중위가 뭔가 좀 못마땅한 얼굴로 내게 충고하듯 일렀다.

"루아진 님. 보아하니 던전 경험이 별로 없으신 것 같은데, 어지간하면 1레벨 던전을 더 많이 돌아보시고 경험치를 충분히 쌓은 뒤에 2레벨 던전 콜을 받으시는 걸 권하고 싶습니다."

"네?"

이건 또 뭔 소리야.

내가 불쾌하게 김 중위를 쳐다보니 녀석이 눈깔에 힘을 빡 줬다. 기세로 나를 제압하겠다는 건데, 해봐라. 그게 되나.

난 아예 팔짱을 끼고 고개를 삐딱하게 옆으로 꺾었다.

"계속해 보세요."

"아진 님 상태를 보니 몬스터들에게 제법 시달린 모양이십니다. 이환 님께서도 상처를 입으셨던 것 같습니다. 여태껏 이환 님이 던전을 돌다가 부상을 당했다는 얘기는 단 한 번도 들어보지 못했습니다."

그러니까 지금 이환이 다친 게 내가 던전 돌다가 어리버리까서 그런 거라는 말이지?

"그런데?"

내 말이 짧아졌다. 그러자 김 중위의 얼굴이 사나워졌다. 하지만 그는 최대한 인내하고 있다는 티를 역력히 내며 주먹을 꽉 쥐고 한 자 한 자 씹어뱉듯 말했다.

"주제를 알았으면 합니다. 괜히 다른 비욘더님들께 폐를 끼치지 않으셨으면 한다는 겁니다. 아진 님 같은 비욘더 때문에 소중한 비욘더님들을 잃게 된다면 그것은 국가 방위 전력의 큰 손실입니다."

이 자식이 속을 사정없이 긁는구나.

근데 사람 잘못 건드렸다. 에스테리앙 대륙에서 10년을 굴

렀더니 이런 상황에서 참는 법을 잊어버렸거든, 나는.

제발 도망가라.

내가 지금 어떤 행동을 할지 모르고 그로 인해서 비욘더와 던전방위사가 척을 지게 될지도 모르니까.

"야, 김 중위. 너 이 개……."

내가 김 중위에게 다가가며 욕을 싸지르려 할 때였다.

"사과하세요!"

뒤에서 이환이 소리쳤다.

그녀는 내 팔을 잡아끌고 앞에 나서서 김 중위를 똑바로 노려봤다.

"이, 이환 님?"

김 중위가 당황했다.

"사과하시라구요!"

"네? 무슨 말씀이신지?"

"어떻게 전후 상황을 보지도 않고 짐작만으로 사람을 판단하세요? 그래요. 저 이번에 위험했어요. 죽을 뻔했다구요."

"네, 그런 것 같았습니다. 그래서 제가 이번 기회에 확실히 얘기를……."

"그걸 아진 님께서 살려주셨어요!"

"…잘못 들은 것 같지 말입니다."

그 말에 이환이 울컥하더니 두 주먹을 꽉 쥐고 빽! 고함쳤다.

"아진 님께서 살려주셨다구요! 자기 몸은 돌보지도 않고 앞에 나서서! 벌집이 되어가면서 몬스터들을 막아주셨다구요!"

"……!"

김 중위가 크게 놀라 비틀거렸다.

예상치 못했던 이환의 말에 한 번 놀랐고, 코앞에서 울려 퍼진 엄청난 목소리가 두 번 놀랐을 것이다. 좀 떨어져 있는 내 귀도 먹먹한데, 오죽할까.

이환이 날카로운 시선을 김 중위에게 고정한 채로 날 가리켰다.

"사과하세요!"

"……."

"어서요!"

이환의 단호한 태도에 김 중위는 거의 울 것 같은 표정이 되었다. 자기가 호감 있는 여자한테 야단맞은 데다가 볼썽사나운 꼴까지 보여야 하니 그럴 만도 했다.

그는 한참을 우물쭈물하다가 눈을 질끈 감고서 내게 허리를 숙였다.

"죄송합니다, 아진 비온더님. 제가 경솔했습니다. 사과를 받아주시면 감사하겠습니다."

난 그런 김 중위의 어깨를 툭툭 두들겼다.

"괜찮아요. 그럴 수 있죠. 그래도 다음부터는 좀 신중하게 생각하고 얘기를 꺼내세요. 제가 아무 근거도 없이 김 중위님한테, 이환 좋아하는 거 다 안다고 몰아붙이면 기분이 어떨 거 같아요?"

움찔!

김 중위의 어깨가 떨려왔다.

"근데 지금 좋아하는 사람 앞에서 모양 빠지는 꼴 보이니 그 심정이 접시 물에 코 박고 죽고 싶을 만큼 쪽팔리실 거라고 단정 지으면 어떨 거 같냐구요."

덜덜덜덜.

이제는 간질병 환자 수준으로 떨리기 시작한다.

"아진 님, 무슨 말씀이에요. 사과도 받았으니까 그만 가요. 김 중위님, 너무 기분 나빠 하지 마세요."

이환은 김 중위를 놀리는 내 팔목을 잡아끌었다.

그때까지도 김 중위는 허리를 펴지 못했다.

근데 김 중위의 얼굴에서 물방울이 후두둑 떨어져 내렸다.

…저 새끼 운다.

Taming 12
매드 피에로(Mad Pierrot)
류시해

이번 던전을 돌면서 가장 불만인 게 하나 있다.

푸르푸르의 전리품을 하나도 챙기지 못했다는 것이다.

처음 등장한 놈은 블링이가 전부 녹여 버렸고, 두 번째 만난 녀석은 테이밍해서 흰둥이가 되었다.

남은 푸르푸르들은 푸르푸르 퀸이 다 먹어치웠다.

그리고 푸르푸르 퀸은 내가 갈기갈기 찢어놓았다. 전리품이고 뭐고 가져살 게 없을 정노도. 둘몬 이건 내 기익에 없나. 이환에게 들은 얘기다.

그래서 난 허탈했고, 반면 차서린은 기분이 굉장히 좋아 보였다.

"그래서 전리품은 몇 개나… 아, 좀 전에 하나도 없다 그랬었죠?"

벌써 똑같은 질문만 세 번째다.

이환과 함께 비욘드 길드에 들어오고 나서 상황 보고를 전해 받은 차서린은 승리자의 얼굴을 하고서 내 속을 긁어댔다.

"어쩌면 좋을까? 던전에서 죽을 둥 살 둥 해가며 겨우 몬스터들 토벌했는데 얻어 가는 돈은 하나도 없다니요? 제가 세상에 태어난 이후로 이토록 슬픈 이야기를 들어본 적이 없네요. 여우와 두루미 이야기보다 더 슬픈 것 같아요."

여우와 두루미 어느 부분이 슬픈데? 서로 음식 대접 거지같이 했다가 감정 상해서 머리끄덩이 붙잡고 쥐 패는 부분?

나는 영 기분이 아니올시다인데, 이환은 전혀 그렇지 않은 모양이었다.

"돈 때문에 하는 일이 아닌걸요. 몬스터들을 완벽히 토벌했으니 그걸로 됐어요."

짝짝짝!

차서린이 박수를 쳤다.

"모범 비욘더의 표본 같은 분이 여기 계셨네요."

누가 봐도 날 놀리려고 띄워주는 건데, 이환은 그것도 모르고서 뺨을 붉혔다.

그녀가 뒷머리를 어색하게 긁적였다.

"그, 그냥 해야 하는 일을 했을 뿐이에요."

아이고, 이 순진한 여자야.

당신 같은 사람은 차서린이 백 번도 구워삶을 타입이야. 정신 똑바로 차리라고.

한바탕 날 놀린 차서린이 다시 일에 집중했다.

"아무튼 몬스터가 다른 몬스터를 잡아먹고 성장을 했다는 건… 확실히 여태까진 없던 패턴이네요. 게다가 그렇게 성장한 몬스터는 2클래스 비욘더 둘이 상대하기 힘들 정도로 강했다는 거죠?"

"네."

"소중한 정보 감사드려요. 기록해서 상부에 올릴게요."

들고 있던 태블릿에 펜으로 무언가를 속기한 차서린이 생각에 잠긴 얼굴로 말을 이었다.

"그나저나 요즘 들어 새로운 패턴에 대한 보고가 자주 들어오네요."

"또 어떤 게 있었나요?"

"아마 오늘 내일 중으로 정리되어 던전 레이더를 통해 공지가 전해질 테지만 말 나온 김에 미리 전해 드릴게요. 아, 그 전에 아진 님?"

"왜요?"

"아까 전리품 안 줬죠? 주세요. 오늘은 몇 개나 가져… 아, 맞다. 못 가져왔다 그랬죠? 호호호, 깜빡했네요."

흐어어어어.

싸우고 싶다. 싸워서 이기고 싶다.

저 오만방자한 카레이서 누나를 완전히 굴복시키고 싶다.

타오르는 분노에 콧잔등이 실룩거린다.

차서린은 예의 그 백 퍼센트 영업용 미소 한 방을 내게 날리고서 하던 말을 계속했다.

"요즘 들어오는 보고 중 가장 신경 쓰이는 부분이 변종 던전에 관한 거예요."

"변종 던전이라니요?"

"우리가 통상적으로 겪어왔던 던전의 규정에서 벗어나는 던전들을 뜻해요. 1레벨부터 4레벨 사이의 몬스터들이 마구 섞여 있다든가, 몬스터를 죽여도 계속해서 어디선가 튀어나온다든가. 아, 이 경우에도 결국 던전을 토벌하긴 했어요. 한 사흘이 지난 후부터 몬스터들이 나오지 않았다고 하더군요. 마지막으로 던전 내부의 구조가 계속해서 바뀌는 곳도 있었다고 해요. 문제는 이 던전들이 안으로 들어가 보기 전까지는 변종 던전인지 아닌지 확인하기 힘들다는 거죠."

"맨 처음 말한 던전의 경우는 던전 레이더로 알아낼 수 있지 않아요?"

"아니요, 처음엔 1레벨 몬스터만 파악이 돼요. 그래서 거기에 맞는 비욘더들을 보내죠. 한데 비욘더들이 1레벨 몬스터들을 토벌하면 그 이후에 2레벨 몬스터들이 나오는 식이에요. 그래서 앞으로는 1레벨 던전도 비욘더 한 명이 들어가는 건 금지할 예정이라고 해요."

결국 이런 해답을 내리게 되는군.

내가 생각해도 지금으로선 그것 말고 딱히 더 좋은 방법이 있을 것 같지 않다.

"그리고 한 가지 더. 갈수록 던전들이 더 자주, 많이 열리고 있어요."

"원인은 판명 불가인가요?"

이환의 물음에 차서린은 고개를 끄덕였다.

사실 던전에 대한 것은 대부분 베일에 싸여 있다.

던전이 왜 열리는 것인지도 알지 못하는 판국이다. 이지스 실드와 던전 레이더를 개발한 것 자체가 기적이었다.

"아무튼 두 분 다 고생했어요. 그만 돌아가서도 돼요."

"카레이서 누나."

"네, 개털로 돌아오신 아진 님?"

"등급 조정 좀 해주세요."

"무슨 등급을 말하는 건지 정확하게 설명해 주시겠어요?"

"3클래스 됐거든요. 입장 가능 던전 3레벨로 조정해 주세요."

"무슨 미친 개소… 아니, 정신 출장 나간 말씀이세요? 등급 상향 판정받은 게 오늘인데, 몇 시간 지나지도 않아서 클래스 하나가 더 올랐다구요?"

"네."

"말이 된다고 생각해요?"

"하루에 클래스 두 번 업그레이드되면 안 된다는 법 있어요?"

이환이 놀라서 날 바라봤다.

반면, 차서린의 이마에는 굵은 핏줄이 불뚝 돋아났다.

그녀가 포스 센서를 들어서 와인드업 자세를 취했다.

설마? 하는 순간 이어지는 강속구!

턱!

무섭게 날아온 포스 센서를 두 손으로 잡아냈다. 얼마나 힘껏 던졌는지 손바닥이 얼얼했다.

역시 저 여자, 일반인이 아니야. 분명히 피지컬 비욘더다. 이거 얼굴에 맞았으면 적어도 어디 한 군데 함몰됐다.

"이야, 역시 명불허전. 비욘더 길드 춘천 지부는 비욘더 대접이 최고네요. 올 때마다 스릴 넘쳐요."

"그쵸? 비욘더님들이 지루할까 봐 늘 신경 쓰고 있답니다. 호호호."

"와~ 두 분 사이 정말 좋아 보여요. 조금 부럽네요."

이환은 분위기 파악 못 하고 초롱초롱한 눈으로 우리 둘을 번갈아 봤다. 에효, 이 순딩아.

"근데 게임 끝났네요."

말을 하며 포스 센서를 차서린의 테이블 앞에 툭 내려놓았다.

포스 센서에는 3이라는 숫자가 떠올라 있었다.

"3클래스. 확인됐죠?"

"……."

처음으로 차서린의 말문이 막혔다.

그녀는 도저히 이해하지 못하겠다는 얼굴로 포스 센서를 바라보다가, 툭툭 건드리더니, 쾅쾅 내리찍고서는 바닥으로 집어 던졌다.

콰직!

포스 센서가 아작 났다.

"아까워서 어떡해. 아무래도 포스 센서가 불량인 것 같네요."

성질나면 무조건 때려 부수고 보는구나.

"입장 가능 던전 레벨 업그레이드해 주실 거죠?"

"아니요, 안타깝게도 4클래스부터 상향 조정 가능해요. 3클래스까지는 2레벨 던전까지만 입장 가능합니다, 우리 고딩~"

"엑! 아진 님 고딩이었어요?"

이환은 이상한 포인트에서 놀라 날 쳐다봤다.

당신 처음 만날 때부터 나 교복 차림이었거든, 이 여자야.

"그럼 4클래스부터 능급 상향 가능하다는 겁니까?"

"이해력 빨라서 좋아요."

"알았어요. 조만간 4클래스 만들어서 올게요."

내가 뒤돌아서 나가려 할 때였다.

딸랑—

종소리와 함께 비욘더 길드의 문이 열렸다.

순간 난 그대로 굳었고, 이환은 저도 모르게 검 손잡이에 손을 가져갔다. 차서린이 팔짱을 꼈다. 우리 세 사람의 시선이 길드 안으로 들어오는 한 사내에게 향했다.

빨주노초파남보, 무지갯빛 총천연색의 머리카락 밑으로 백설같이 하얀 얼굴에는 양쪽 눈 밑에 작은 별과, 하트 문신이 박혀 있다.

콧대는 바짝 서서 날카롭다.

피처럼 붉고 얇은 입술엔 은은하지만 위험한 미소가 달려 있다.

전체적으로 키가 크고 목이 길다.

스타일도 독특하다. 위에는 보랏빛 체크무늬 블레이저를 걸쳤고 그 속엔 아무것도 입지 않았다. 아래에는 블레이저와 같은 패턴의 슬랙스를 착용했다. 코끝이 유난히 길게 튀어나온 검은색 구두가 특이하다.

등에는 자기 덩치만 한 빨간 봇짐을 지고 있다.

그가 나른한 걸음으로 우리에게 다가왔다.

그와의 거리가 가까워질수록 기분 나쁜 불쾌함이 점점 더 강렬해졌다.

"하음."

사내는 뜻 모를 말을 내뱉고서 술 취한 사람처럼 요란한 걸음걸이로 나를 지나쳐 데스크 앞에 섰다.

"안녕, 마스터 차."

텅.

인사와 함께 봇짐을 데스크 위에 내려놓는다.

"……"

차서린은 대꾸하지 않았다. 사내도 딱히 대답을 바란 건 아닌 모양이다. 그가 봇짐을 풀면서 말을 흘렸다.

"오래간만이야, 전격의 검."

이환은 그게 자신한테 하는 말임을 뒤늦게 알아챘다.

"아… 네. 오래간만이에요."

그녀는 사내에게 겁을 먹은 기색은 아니었다. 하지만 분명 불편해하고 있었다. 마치 태생부터 맞지 않는 존재를 만난 것처럼 말이다.

"그쪽은 처음 보는데, 이름이?"

저건 나한테 물어본 거겠지? 하지만 별로 대답해 주고 싶지 않다. 에스테리앙 대륙에도 저런 기운을 풍기는 녀석들을 자주 접해봤다. 한데 하나같이 미치광이들이었다. 그들과 엮여서 좋을 게 하나 없었다.

내가 입을 열지 않자, 사내가 고개를 수억거리며 자기 머리를 탁탁 두들겼다.

"이런이런. 그 전에 내 소개를 먼저 하는 게 예의지."

그는 일순 얼굴의 모든 안면 근육을 이용해 활짝 웃었다.

그 얼굴은 말도 못 하게 우스꽝스럽기도 하고 무섭기도 했다. 한마디로 기괴했다.

그가 나를 돌아봄과 동시에 봇짐이 풀렸다.

봇짐의 주둥이가 활짝 열리며 마구잡이로 도륙당한 살덩이들이 나타났다.

봇짐이 붉었던 건 피 때문이었다.

이환이 미간을 찌푸리며 고개를 돌렸고, 차서린은 씹어 죽일 듯 사내를 쏘아봤다.

사내는 정체 모를 살덩이 하나를 들어 이빨로 찢어 잘근잘근 쪼개며 내게 말했다.

"류시해. 사람들은 매드 피에로라고 부르더라. 5인의· 초신성 중 한 명이 돼버렸어. 잘 부탁해, 자기."

말갛게 웃는 그의 턱으로 붉은 피가 주르륵 흘러내렸다.

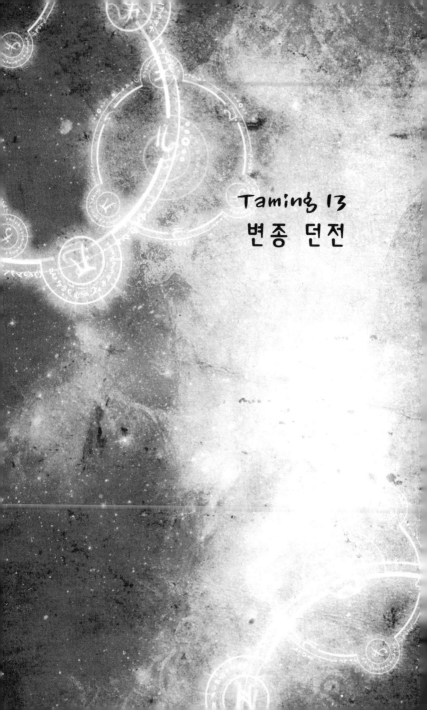

Taming 13
변종 던전

매드 피에로 류시해.

들어본 적이 있는 이름이다.

기억이 가물가물했지만 류시해 본인의 소개처럼 그 역시 5인의 초신성 중 한 명이다.

초신성 중에서 가장 속내를 알 수 없는 인물이라는 소문이 자자했었다.

그가 턱에 흐른 피를 쓱 닦고서 다시 들고 있던 살덩이를 뜯어 먹었다.

한데 자세히 보니 그건 몬스터의 손이었다.

짧고 뭉툭한 손가락에 손톱이 없고, 피부는 노란색이다. 2레벨 몬스터 마리모의 것이 확실했다.

그러니까 저 인간 지금 사냥한 몬스터 살을 생으로 뜯어먹고 있는 거야?

'미친놈일세.'

이환과 차서린에게는 이 광경이 비쥬얼 쇼크일 수도 있겠다. 아니, 지구에 사는 사람에게라면 십중팔구 그럴 것이다.

하지만 난 에스테리앙 대륙에서 몬스터를 잡아먹는 이들을 많이 봐왔다.

사람들과 어울리지 못하고 따로 군집해 사는 '막투스' 부족은 몬스터를 사냥해 잡아먹는 이들이었다. 때문에 야만족이라고도 불리었다.

하지만 그들도 몬스터를 날것으로 뜯어먹진 않았다.

평범한 동물들이야 회를 쳐 먹기도 했지만 몬스터 고기만큼은 반드시 불에 구워 먹었다.

그 시체에서 풍기는 비린내가 상상 이상으로 역하기 때문이다.

그런데 류시해는 아무렇지도 않게 생고기를 뜯고 있었다.

콰드득. 오독. 오도독.

마리모의 손가락이 하나하나 사라졌다.

류시해의 시선은 누구에게도 향해 있지 않았다. 그는 카운터에 널린 살덩이들을 보며 묘한 미소를 머금은 채 계속 먹는 데만 집중했다.

그러다 다시 내게 물었다.

"이제 그쪽 소개도 해줬으면 하는데."

"어이, 그거 안 비라냐."

류시해가 눈동자만 도르륵 돌려 날 바라봤다.

"몇 살?"

"나이 들먹여서 어른 대접 받고 싶어?"

"몇~ 살?"

"서른마흔다섯 살이다."

"풋. 말장난하자는 거야? 고딩인 것 같은데. 느껴지는 기운이 서른은 되는 것 같네."

어라?

이 자식이 정곡을 찔렀다.

여태껏 누구도 나한테 그런 말을 한 적이 없었다.

심지어 아버지도 몰랐다.

그런데 류시해는 나를 잠깐 본 것만으로 정확히 파악했다.

'그러보 고니……'

처음부터 풍기던 이 위험한 기운. 그것은 야생의 맹수나 몬스터들에게서 느껴지는 것과 비슷했다.

"그래서, 이름은 언제 가르쳐 줄 건데?"

"3클래스 센서블 비욘더 루아진. 18살. 남자. 각성한 능력은 몬스터 테이밍."

나에 대한 정보를 차서린이 줄줄 불었다.

내 동의도 구하지 않고 소중한 정보를 유출시키다니! 차서린에게 눈으로 레이저를 쐈다. 차서린은 날 무시하고서 테이블을 주먹으로 쾅! 쳤다.

"내가 전리품 이딴 식으로 가져오면 두 번 다시 받지 않겠다고 경고했었을 텐데요?"

"아, 맞다. 깜빡했네. 다음부터는 꼭 제대로 가져오는 걸로. 약속."

류시해가 새끼손가락을 내밀었다.

차서린이 내민 손가락을 잡아 꺾으려 했다. 순간 테이블 위에서 무언가가 튀어 나갔고, 차서린은 뒤로 물러나 그것을 피했다.

쾈!

암기처럼 사출되어 천장에 박힌 건 몬스터의 시체 속에 있던 날카로운 뼈였다.

만약 그녀가 피하지 않았다면 뼈는 그대로 턱을 관통했을 것이다. 재수가 없다면 그대로 즉사했을 수도 있었다. 그만큼 위험했다. 역시 저 인간은 미치광이가 맞다.

차서린이 입꼬리를 말아 올리고서 홉뜬 눈으로 류시해를 노려봤다. 내가 그녀를 만난 이후 가장 무서운 표정이었다. 차서린은 진심으로 분노하고 있었다.

반면 류시해는 느긋하게 두 손을 들어 올리며 놀란 표정을 지었다.

"오~ 미안. 위기에 처하면 나도 모르게 힘이 발동되니까, 조. 심. 해. 줘."

그는 심하게 과장된 말투로 얘기했다. 그 음성에 진심은 조금도 담겨 있지 않았다. 오히려 상대방을 조롱하고 있었다.

그때였다.

슥.

류시해의 목으로 시린 검날이 와 닿았다.

이환이 어느새 발검을 해 검을 들고 서 있었다. 그녀의 눈매가 매서워졌다. 반면 눈빛은 침착하게 가라앉았다.

"이건 무슨 의미?"

그리 묻는 류시해의 목소리엔 긴장감은 묻어나지 않았다.

"장난이 너무 과하셨어요. 피하지 못했다면 마스터 차는 중상을 입었을 거예요."

"그러니까 내가 일부러 그런 게 아니라 위협을 당하면 저절로 힘이 발동된다니까. 그리고 4클래스 피지컬 비욘더가 고작 그 정도에 당하려고."

4클래스?

이 여자 보기보다 훨씬 강한 비욘더였다.

류시해가 적당히 넘어가자는 식으로 변명을 했으나 이환은 전혀 그럴 생각이 없어 보였다.

"제대로 사과하세요."

"하음… 이런 상황 가끔 겪는 게 아니라 익숙하지만, 그렇다고 귀찮지 않은 건 아니야. 남이 시키는 대로 움직이는 거 정말 귀찮단 말이야."

"어서요!"

"사과라……."

류시해가 손에 들린 몬스터 고기를 빙글빙글 돌리다가 한순간 씩 웃었다.

"그럼 하는 김에 미안할 일 더 만들어도 돼?"

"뭐라구요?"

말이 끝남과 동시에 데스크에 있던 가위가 이환의 얼굴로 쏘아져 나갔다.

캉!

이환이 검날로 그것을 쳐냈다.

하지만 가위는 허수였다. 그녀의 뒤통수로 꽃병이 날아들었다. 이환이 빠르게 뒤돌며, 검면으로 꽃병을 쳐냈다.

콰창창!

꽃병이 산산조각 나며 깨졌다.

그런데, 조각난 잔해들이 땅으로 떨어지지 않았다.

허공에 둥둥 떠 있던 잔해들의 날카로운 부분이 일제히 이환을 거냥했다.

사방에서 수십 개의 잔해가 날아들면 이환도 막지 못한다.

난 다급히 블링이와 꼬맹이를 소환했다.

"소환! 꼬맹이! 블링이!"

류시해가 빙그레 웃더니 이환에게 말했다.

"미안해, 자기."

동시에 꽃병의 잔해가 이환의 몸 곳곳으로 날아들었다.

이환은 당황하지 않고 류시해의 목을 향해 그대로 검을 휘둘렀다. 당하기 전에 벨 셈이었다. 하지만 그녀의 검은 알 수 없는 힘에 막혀 멈췄다.

그대로라면 벌집이 될 상황!

"막아, 블링아!"

"뀨웃!"

3성 블링이가 한번 통! 하고 튀어 몸을 크게 부풀렸다.

블링이는 이환의 몸 주변으로 온전히 감싸는 산성 막을 만들었다.

치지직! 치직!

수십 개의 꽃병 잔해는 산성 막을 통과하지 못하고 모조리 녹아 사라졌다.

그러는 사이.

"토토톳!"

재빠른 꼬맹이가 테이블에 올라가 날카로운 손톱으로 류시해의 목을 서겼다.

류시해가 재미있다는 얼굴로 날 보더니 박수를 쳤다.

"보기보다 제법이잖아, 고딩?"

"너… 사람 잘못 건드렸어."

"누가 누구를? 네가 나를? 설마… 내가 너를?"

류시해의 동공이 확 열렸다.

녀석의 입이 귀에 걸릴 듯 찢어졌다.

동시에 길드 안의 모든 물건들이 두둥실 떠올랐다.

이제 알겠다.

저 미친 녀석은 센서블 비욘더. 그리고 각성한 능력은 비물리적인 힘을 이용해 공격하는 염력!

"그만!"

이환이 다시 검을 류시해에게 겨누려 했다.

"언니는 좀 쉬고 있어."

류시해가 손가락을 딱 튕기자 이환의 움직임이 멈췄다.

"나는 저 새빨간 고딩이랑 놀고 싶어졌어."

그가 입술을 핥으며 내게 다가오려 할 때였다.

콰아앙!

차서린이 주먹으로 테이블을 내려쳤다. 엄청난 굉음과 함께 건물 전체가 드드드 떨려왔다. 테이블은 산산조각 나 부서졌다.

"어이, 미친 어릿광대."

류시해를 부르는 그녀의 눈에서 푸른 기운이 일렁였다.

"어린애 같은 좆같은 짓 집어치워. 내가 힘을 전부 개방해서 두들겨 패기 전에. 여기서 더 소란 피우면, 벌금형으로 끝나지 않아. 비욘더 자격을 회수하고 평생 콩밥만 처먹게 만들

수도 있어."

차서린이 류시해의 머리카락을 낚아채, 자기 쪽으로 확 끌어 당겨 이마를 맞댔다.

"알아먹었니? 개새끼야."

류시해는 대답 없이 그저 웃고만 있었다. 그럴수록 머리채를 쥔 차서린의 손에는 더 힘이 들어갔다. 류시해는 도통 무슨 생각을 하는지 알 수 없었다.

일촉즉발의 상황.

띠링— 띠링— 띠링—

나와 이환, 그리고 류시해의 던전 레이더에서 동시에 알림음이 울렸다. 액정에는 새로운 던전에 대한 정보가 표시되어 있었다.

—위치 : 사농동 인형극장 주차장

—감지되는 몬스터 레벨 : 2레벨

—콜을 받으시겠습니까? [Yes/No]

긴박한 상황이었음에도 난 버릇처럼 Yes를 눌렀다. 이환은 콜 따위 받을 생각이 전혀 없어 보였다. 상황이 상황인 만큼 이환의 행동이 당연한 것이었다.

이번에도 콜은 내게 떨어졌다.

이어, 새로운 메시지가 나타났다.

―콜을 동시에 받은 비욘더가 한 명 더 있습니다.

―비욘더 이름은 '류시해'입니다. 던전 입장 전에 파티 매칭된 비욘더의 신원을 확인하기 바랍니다.

"뭐?"

나도 모르게 류시해를 바라보았다.

녀석은 자신의 던전 레이더를 내보이며 헤실헤실 웃었다.

"아, 나도 눌러 버렸네? 잘 부탁해, 자기."

＊   ＊   ＊

결과적으로 류시해는 벌금 2,000만 원을 두드려 맞았다. 아울러 비욘드 길드의 파손된 물건들까지 전부 배상하라는 명령이 떨어졌다.

류시해는 항의 한 번 없이 이를 받아들였다.

그리고 대뜸 내게 던전으로 가자며 부추겼다.

이환은 그런 우리들을 따라오려 했다. 내가 걱정된다는 이유에서였다. 하지만 그녀는 어디선가 걸려온 전화를 받고 짐짓 심각해지더니 미안하다며 자리를 떠났다.

때문에 난 류시해와 단둘이 던전으로 가야 했다.

비욘드 길드에서 나오자마자 내 눈에 들어온 것은 총천연색의 이미지 디자인으로 코스튬을 해놓은 고급 세단 한 대였다.

마치 차 전체에다가 그라피티 아트를 해놓은 것 같았다. 딱 봐도 차주가 누군지 짐작이 됐다. 멀쩡한 정신을 가진 사람이 차를 저런 식으로 꾸밀 리 없었다.

예상은 빗나가지 않았다. 류시해가 전자키로 문을 열고 운전석에 올라탔다. 녀석은 내게 조수석에 타라 권했다.

난 저 미친 녀석과 함께 차에 타고 싶은 생각이 없었다. 게다가 한 방 먹이고 싶은 걸 가까스로 참는 중이다. 하지만 어찌 되었든 함께 콜을 받은 입장이다. 던전에 들어가면 서로 도와야 하는 상황이니 일단 화를 억누른다. 던전을 토벌하고 나면, 그때 푸닥거리를 한번 할 참이다.

그래서 콜택시를 불렀다.

던전 앞에 도착해서 내렸을 때, 류시해는 이미 도착해 있었다.

그는 던전 입구에서 날 기다리는 중이었다.

군인들과 인사를 나누고 신분 확인을 받은 뒤, 던전 입장이 허가되었다.

내가 가까이 다가가자 류시해가 말했다.

"전부 다 철저한 계산하에 저지른 거야. 마스터 차가 피할 것도, 고딩이 전격의 검을 구해줄 것도 알고 있었어."

갑자기 무슨 헛소리를 하는 건가 싶다.

이제 와서 자기가 한 일에 대한 죄책감이 피어나는 걸까? 하지만 표정을 보면 그건 아닌 듯했다. 왜 나한테 갑자기 변명을 늘어놓는 건지 알 수 없었다.

"그런 게 있거든. 남들보다 뛰어난 육감 같은 거랄까? 만에 하나 내 장난으로 피바다가 될 상황이었다면 안 그랬을 거라고~ 알겠어?"

"그래서?"

"그래서~ 나는 이번 콜 받은 거 취소."

삐.

녀석이 던전 레이더의 버튼을 눌러 콜을 취소했다.

"뭐 하는 짓거리야?"

"말했잖아? 육감이 남들보다 뛰어나다고. 영 찝찝해서 안 들어갈래. 그럼 열심히 해봐, 고딩."

류시해가 손을 휘휘 흔들며 떠나가려 했다.

그러니까 지금 같지도 않은 육감인지 뭔지 때문에 불길해서 던전 토벌을 취소한 거지? 그럼 나랑 파티가 아니라는 뜻이고?

참을 이유가 사라졌다.

난 그대로 류시해에게 달려가 뒤통수에다 주먹을 박아 넣었다.

그때 보이지 않는 힘이 내 사지를 포박했다. 염력이었다. 류시해가 뒤를 돌아보았다.

"그 정도 힘으로 날 어떻게 하려고?"

"넌 날 몰라, 새끼야."

류시해가 픽 웃었다. 놈의 주변에 있던 수십 개의 돌멩이가 허공으로 떠올랐다. 던전이 열리며 부서진 땅바닥의 잔해였다.

"좀 아플 거야, 고딩."

"너야말로. 파이어 볼!"

난 녀석에게 달려들던 순간부터 파이어 볼의 룬 공식을 조합해 놓은 상태였다.

입에서 시전어가 흘러나오자 내 앞에 수박만 한 불의 구가 나타났다. 그것은 지체 없이 류시해에게 날아들었다.

화르르르르륵!

류시해의 눈이 커졌다. 녀석이 양쪽 입꼬리를 말아 올렸다.

"하하하하하!"

콰아아아앙!

놈의 웃음소리와 함께 파이어 볼이 작렬하며 터졌다.

불꽃이 어지럽게 비산하다 소멸됐다. 검은 연기가 모락거리며 피어올랐다. 류시해는 두 팔로 얼굴을 가린 자세 그대로 서 있었다. 아슬아슬하게 염력의 힘으로 피해를 최소화한 모양이다.

가드를 푼 류시해가 여러 가지 감정이 복잡하게 뒤섞인 눈으로 날 쏘아봤다.

"마법? 마법까지 써?"

"말했잖아, 넌 날 모른다고."

류시해의 동공이 파르르 떨렸다. 녀석이 내게 다가오려 했다. 그때였다.

푹!

"어?"

"토톳!"

녀석이 파이어 볼과 작렬할 때 몰래 소환시켜 둔 꼬맹이가 뒤로 다가가 허벅지에 손톱을 박아 넣었다.

"내가 얼마나 영악한지, 그리고 지독한 인간인지."

"하… 하하하."

류시해가 넋 나간 웃음을 흘렸다.

난 꼬맹이를 봉인한 뒤, 놈에게 다가갔다.

"내 이름 똑똑히 기억해라. 고딩이 아니고 루아진이다. 나는 누가 건드렸을 때 참는 법을 몰라. 그리고 성격이 엿같아서 받은 건 반드시 돌려줘. 물론 이자까지 톡톡히 쳐서. 알았냐?"

말미에 녀석의 얼굴에다 주먹을 박아 넣었다.

뻐억!

"……!"

녀석은 염력을 발휘하지도 못하고 제대로 얻어맞았다.

센서블의 능력은 기본적으로 정신의 힘에 기반한 것이다.

정신이 흐트러지면 능력을 발휘하는 데도 무리가 생긴다.

쌍코피를 흘리며 비틀거리던 류시해가 풀썩 주저앉았다.

그가 코를 슥 닦더니 키득거렸다.

"크큭. 어쩐지 여기에서 빨리 떠나고 싶더라니~"

"해독 포션 있지? 없으면 군인들한테 빨리 비욘더 길드에 태워달라 그래서 해독 포션 사 먹어라. 안 그러면 네 몸 다 썩는다."

3성 꼬맹이의 손톱엔 부패독이 묻어있다. 그 손톱에 깊이 찔렸으니 어서 해독하지 않으면 몸이 썩어버린다.

"걱정해 줘서 고마운데, 고딩? 아니… 루아진."

류시해가 빙글거리며 입술을 핥았다.

"미친놈."

난 작별 인사 대신 욕을 뱉고 미련 없이 등을 돌렸다.

두 번 다시 나랑 마주칠 일이 없기를 바라는 게 좋을 거다, 넌.

그때 만약 또 미친 짓거리 하면 정말 내가 어떻게 할지 모르거든.

＊　　　　＊　　　　＊

류시해가 콜을 취소했으니 다른 비욘더가 콜을 받을 것이다.

아마 곧 도착할 것이라 생각했기에, 새로운 파티원이 오는 걸 기다리지 않고 던전에 입장했다.

얼마 가지 않아 내 앞에 새와 비슷한 형상을 한 몬스터 한 마리가 나타났다.

"우루루루루~"

녀석이 제 몸집에 비해 턱없이 작은 연분홍색 날개를 퍼덕였다.

날개 아래로 드러난 배는 흰 솜털로 가득했다.

거위를 닮은 얼굴엔 커다란 눈이 붙어 있었다.

머리 위엔 벼슬처럼 갈기털이 돋아났는데, 날개와 똑같은 연분홍색이었다.

"우루루루루~"

그리고 고양이가 기분 좋을 때 내는 소리와 비슷한 떨림으로 운다.

저 녀석의 이름은 루루.

지구에서 2레벨로 분류되는 몬스터다.

1클래스의 화염 마법을 구사하며, 강철처럼 단단하고 날카로운 깃털을 날려 적을 벤다. 깃털이 빠진 자리에는 새로운 깃털이 바로 자라난다.

그리고 의외의 한 방이 있으니, 바로 짧은 다리에서 나오는 괴력의 발차기다.

제대로 맞으면 바위도 두 조각이 난다.

"오, 루루! 반갑다!"

"우루루루루루루!"

난 진짜 반가워서 말한 건데 루루는 깃털을 바짝 세우고서 위협적인 자세를 취했다.

자식, 날카롭기는. 곧 날 보면 사족을 못 쓰는 몸으로 만들어주겠어.

"금방 테이밍해 줄게."

루루를 테이밍하는 방법은 언제나 그렇듯이 두 가지가 있다.

하나는 초주검이 되기 전까지 두들겨 패는 것.

그리고 또 하나는…….

"뀨웃!"

"어?"

루루의 뒤에서 톤톤이 나타났다.

저건 1레벨 몬스터인데 2레벨 던전에 왜 있는 거야?

"라라랑."

"어라?"

이어 푸르푸르까지 모습을 드러냈다.

"이 년선 뭐야?"

내가 황당해하고 있을 때였다.

"듀라란—"

하얀 털로 온몸이 뒤덮인 작은 설인의 형상을 한 몬스터 듀라란도 달려 나왔다.

근데… 저놈은 3레벨 몬스턴데?

한데 모인 몬스터들이 하나같이 내게 적대심을 드러내며 점점 거리를 좁혀왔다.

그제야 난 이게 어떻게 돌아가는 상황인지 알 수 있었다.

"하, 변종 던전."

이 던전은 차서린이 말했던 변종 던전이었다.

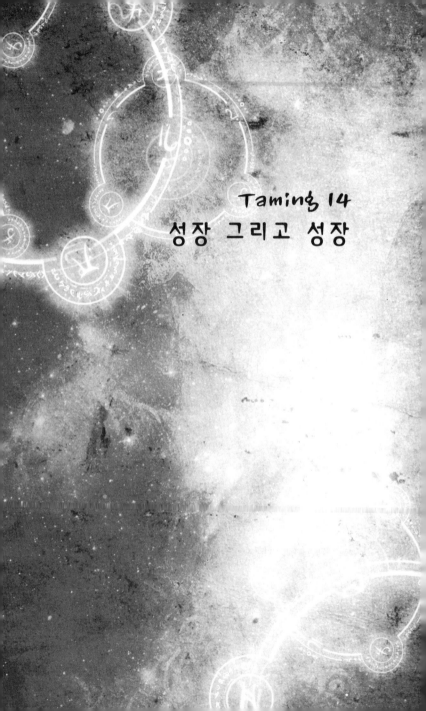

Taming 14
성장 그리고 성장

계획에 없었던 변수가 일어났지만, 괜찮을 거라 생각했다.

떠나 버린 류시해 대신 다른 비욘더가 도착할 테니 말이다.

하지만 듀라란이 미친 짓을 저질렀다.

"듀~ 라라라!"

녀석이 던전의 입구를 향해 입을 쩍 벌리고 사자후를 토해 냈다.

난 그 자리에 넙죽 엎드렸다.

내 머리 위로 듀라란의 입에서 쏟아진 엄청난 충격파가 스쳐 지나갔다.

듀라란의 기술 소닉붐이었다.

그것은 던전 입구에 작렬했다.

콰아아앙!

우르르르르르!

던전에 지진이 인 듯 무섭게 흔들리더니 입구가 무너졌다.

그것을 시작으로 통로의 천장도 연쇄적으로 내려앉았다.

"으다다다다다!"

나는 앞뒤 잴 것 없이 냅다 달렸다.

내 뒤로 무너지는 천장이 무섭게 따라붙었다.

앞을 가로막고 있던 몬스터들이 날 공격하려 했다.

하지만 무시하고 날렵하게 피해 계속 달리는 데 집중했다.

콰직! 콰드득!

내 앞을 막아섰던 몬스터들이 내려앉은 천장의 잔해에 깔려 죽었다.

가장 겁이 많은 톤톤만 상황 파악을 하자마자 움직여 참극의 현장에서 무사히 도망칠 수 있었다.

톤톤은 내 옆에서 나란히 달음박질을 하는 중이었다. 좀 전까지 날 적대시하며 막아섰던 몬스터와 달리기 시합을 하고 있자니 그림이 우스꽝스러웠다.

"토토톳!"

"토토톳은 얼어죽을 토토톳!"

속에서 열불이 나 달리다 말고 이놈 새끼의 배때기를 걷어 찼다.

퍽!

"토톳!"

톤톤이 벽으로 날아가 부딪혀 자빠졌다.

그 무렵, 무너지던 천장도 겨우 안정을 되찾았다.

하지만 이미 너무 깊이 무너져 버렸다.

던전의 입구에서 1킬로미터는 족히 멀어진 것 같은데, 통로가 전부 흙과 돌덩이로 가로막혔다.

듀라란, 이 영악한 새끼.

애초부터 그놈은 내가 들어온 던전 입구를 막아버릴 셈이었던 것이다. 3레벨 몬스터인 만큼 그 하위 몬스터들보다 지능이 높다. 던전 입구에서 나타난 인간에게 제법 큰 포스가 감지되니, 나 같은 인간들이 더 몰려오기 전에 입구를 봉인한 것이다.

"하아, 던전에서 생매장당할 줄이야."

"토톳."

어느새 몸을 일으킨 톤톤이 귀를 축 늘어뜨리고 한숨을 푹 내쉬었다.

아니, 근데 이게 뭘 잘했다고?

난 놈에게 달려가 정수리를 세게 쉬어박았다.

빠악!

"토토톳!"

화들짝 놀란 톤톤이 손톱을 바짝 세우고서 경계 태세를 취했다.

아, 지금 너무 진이 빠져 상대하기도 싫다.

"소환, 꼬맹이."

내 부름에 꼬맹이가 나타났다.

3성 톤톤을 본 1성 톤톤이 화들짝 놀라 몸을 파들파들 떨었다.

"네가 처리해."

"토토톳!"

꼬맹이가 힘차게 고개를 끄덕이더니 씩 웃고서 톤톤에게 손가락을 까딱였다.

'이리 와. 이리 와.'

톤톤이 고개를 절레절레 저었다.

'시, 싫어.'

꼬맹이는 고개를 끄덕였다.

'그럼 내가 간다.'

"토토톳!"

꼬맹이가 빠르게 움직였다. 이후 상황은 뭐.

퍽! 퍼픽! 퍼퍼픽! 콰직!

"토, 토톳! 토토톳! 토톳! 크에엑."

따로 설명 안 하겠다.

다만, 우리 꼬맹이의 성장도가 조금 높아졌다. 얼른 4성을 향해 가자 꼬맹아~

　　　　　*　　　　　*　　　　　*

　입구가 무진장 무너졌으니 저거 다 파헤치고 다른 비욘더 투입하려면 시간이 제법 걸릴 것이다.

　"일단 혼자서 버티는 데까지는 버텨봐야지."

　자, 상황을 정리해 보자.

　이곳은 차서린이 말했던 변종 던전이다.

　내가 만난 몬스터는 1레벨 톤톤, 2레벨 푸르푸르와 루루, 3레벨 듀라란, 네 마리다.

　그중 세 마리는 돌 더미에 깔려 죽었고 톤톤은 꼬맹이에게 먹혀 성장 경험치가 되었다.

　"아무튼 그렇다는 건, 1레벨부터 3레벨까지의 몬스터들이 무작위로 나올 수 있다는 것일 테지."

　최악의 경우 4레벨, 아니, 그 이상의 몬스터까지 뒤섞여 있을지도 모르는 일이다.

　게다가 몇 마리나 되는 몬스터가 던전 안에 소환된 건지도 추측 불가하다.

　상황을 예측할 수 있는 정보가 너무 부족하다.

　그렇다고 가만히 있는다는 건 상황을 악화시킬 뿐이다.

　이 전 던전에서처럼 영악한 몬스터가 한 놈이라도 있으면 다른 녀석들을 잡아먹고 성장해서 날 찾아올지도 모른다.

혹은 몬스터들을 한데 규합해 동시에 끌고 와서 다구리를 칠 수도 있는 일이다.

일이 그 지경까지 가버리면 내가 살아날 확률은 더 줄어든다.

다행스럽게도 몬스터들은 확실한 리더라고 인정할 만한 존재를 만나기 전까지는 오합지졸이다.

'그렇다면 방법은 하나.'

그런 존재가 두각을 드러내기 전까지 최대한 몬스터들의 수를 줄여야 한다.

생각을 끝내자마자 잠시 멈춰 있던 걸음을 바삐 했다.

"그러고 보니 류시해 그 녀석, 갑자기 콜을 취소했었지."

육감적으로 불길하다면서 콜을 취소할 땐 단순히 날 놀려먹으려던 행동이라고 생각했다.

한데 어쩌면 놈의 육감은 정말 예민한 건지도 모르겠다.

이렇게 될 걸 미리 예측하고 발을 뺀 것이라면, 그 녀석은 보통내기가 아니다.

내 경험상 세상에서 가장 상대하기 껄끄러운 인간은 운이 따라주는 타입이다.

류시해는 예민한 육감으로 그 운을 만들어낼 수 있다.

내 머릿속에 류시해라는 인간에 대한 평가가 다시 쓰였다.

이런저런 생각에 빠져 걷다 보니 기척을 감지한 몬스터 몇 마리가 앞에 나타났다.

푸르푸르가 두 마리에, 루루가 한 마리였다.

이번에야말로 루루를 테이밍한다.

푸르푸르 두 마리는? 흰둥이의 먹이로 준다.

"소환, 블링이, 꼬맹이, 흰둥이."

세 마리 펫이 동시에 소환되었다.

"너희들은 푸르푸르만 제압해서 흰둥이 먹이로 줘. 나는 루루를 테이밍할 테니까. 오케이?"

"뀨옷!"

"토톳!"

"라라랑~"

내 아이들이 춤추는 것처럼 몸을 들썩이며 대답했다.

"좋아, 가자!"

난 펫들과 동시에 달려 나갔다.

우리 앞에 있던 몬스터 세 마리가 기세에 눌려 움찔! 했지만, 물러서거나 도망치지는 않았다.

우리 넷 중 가장 날래게 움직인 건 꼬맹이였다.

토도도도도도도! 폴짝! 빠악!

"라라랑~"

꼬맹이가 빠르게 달려가 힘껏 도약해 푸르푸르 한 놈의 봄통을 가격했다. 이후 흰둥이가 아이스 애로우를 날렸다.

퍽!

푸르푸르의 몸에 아이스 애로우가 정확히 꽂혔다.

이를 지켜보던 또 다른 푸르푸르가 아이스 애로우를 시전해 날렸다.

아이스 애로우는 꼬맹이의 머리를 향해 다가왔다.

하지만 3성 톤톤의 민첩성은 그것을 충분히 피해낼 만큼 뛰어났다.

"토톳!"

꼬맹이가 아이스 애로우를 피하자마자 두 주먹을 불끈 말아 쥐었다. 녀석은 아이스 애로우를 시전한 푸르푸르에게 달려가 코앞에 섰다.

푸르푸르가 위기감을 느꼈는지 연속으로 아이스 애로우를 날렸다.

꼬맹이는 몸을 좌우로 흔들어 아이스 애로우를 피하면서 레프트, 라이트를 번갈아 푸르푸르의 몸에 박아 넣었다.

한데 그 모습이 흡사!

'데, 뎀프시롤!'

전설의 복싱 기술 뎀프시롤과 비슷했다.

우리 꼬맹이 천재였구나!

뻑뻑뻑뻑뻑!

"토토토토톳!"

톤톤이 열심히 주먹을 박아 넣는 사이, 블링이는 아이스 애로우에 얻어맞아 일시적으로 스턴 상태에 빠진 또 다른 푸르푸르의 털을 산성액으로 몽땅 녹여 버렸다.

"라라랑······."

순식간에 발가벗겨진 푸르푸르는 산성액이 피부에 조금 닿아 녹아버리는 순간 기절했다. 그런 녀석을 흰둥이가 다가와 한입에 꿀꺽 삼켰다.

"라랑~"

흰둥이는 기분이 좋은지 하얀 털을 부르르 떨며 노래했다.

그러는 동안 꼬맹이에게 얻어맞던 푸르푸르도 마무리 스트레이트를 얻어맞고 뻗었다.

녀석 역시 흰둥이의 먹이가 되었다.

아, 그러는 동안 난 뭘 하고 있었느냐?

맹렬한 기세로 루루에게 다가가서는, 검지손가락을 눈앞에 대고 뱅뱅 돌리는 중이다.

루루는 내 검지에서 시선을 떼지 못하고 있었다.

그렇다.

이것이 바로 루루 공략법이다.

이놈들은 쉽게 현기증을 일으킨다. 그러는 주제에 동체 시력은 엄청나게 좋다. 그래서 무섭게 돌리고 있는 내 손을 따라 눈이 뱅글뱅글 돌아가고 있었다.

그렇게 백 바퀴쯤 돌리고 나니 루루가 비틀거리다가 픽 쓰러졌다.

"우루루루루······."

그런 루루의 주변으로 검은 그림자 네 개가 내려앉았다.

나와 블링이, 꼬맹이, 흰둥이가 루루를 내려다보며 씨익 웃었다.

"우루… 루루루."

루루가 몸을 파르를 떨더니 눈을 감고 대자로 뻗었다.

전의를 완전히 상실해서 죽은 척하는 것이다.

난 술식을 전개해 루루의 정신을 지배했다. 녀석은 얼마 가지 않아 내게 완전히 함락되었다.

새로운 펫이 된 루루가 벌떡 일어나 날 보더니 목으로 웨이브를 타며 신나게 울어댔다.

"우루루루루~ 우루루루루~"

이것은 일명 목춤이라고 하며, 루루가 짝짓기하고 싶은 대상이 있을 때 추는 춤… 이잖아, 이 자식아!

따악!

루루의 정수리를 한 대 쥐어박았다.

"루루룻!"

화들짝 놀란 루루는 목춤을 멈추고서 눈물이 그렁그렁해 날 바라봤다.

"목춤은 안 돼. 네 짝짓기 대상이 아니라, 주인이다. 알았어? 그리고 네 이름은 앞으로… 음… 그래! 타조 닮았으니까 타조야! 오케이?"

"우루루루~!"

타조가 신이 나서 다시 목춤을 췄다.

띠익!

"다른 춤 춰!"

"루루룻!"

타조는 화들짝 놀라더니 내 눈치를 살살 살피며 이번엔 날
개춤을 췄다. 그래, 저건 단순히 호감 있는 대상 앞에서만 보
여주는 춤이니 인정.

타조의 춤을 가만히 지켜보던 다른 펫들도 갑자기 신이 나
서 덩달아 몸을 흔들어대기 시작했다.

"뀨우우~!"

"토톳!"

"라라랑~"

"우루루~!"

…하아 이거야말로 개판, 아니, 몬스터판이구나.

＊　　　＊　　　＊

던전 안을 헤매고 다닌 지 두 시간이 흘렀다.

그동안 내가 만난 몬스터는 링링, 톤톤, 푸르푸르, 루루, 그
리고 듀라란이 전부였다.

그 외에 다른 몬스터는 아직까지 나타나지 않았다.

당연한 얘기지만 듀라란도 테이밍했다.

이 녀석은 워낙에 둔하고 곰 같은 성격인지라 약점 같은 게

별로 없었다. 때문에 그냥 지칠 때까지 두들겨 팬 다음 테이밍을 해야 했다.

그런데 너무 두들겨 팬 나머지, 테이밍을 했을 때엔 이미 숨이 거의 넘어갈 지경이었다.

하지만 상관없었다.

내 펫 중엔 회복 마법을 시전할 수 있는 녀석이 있으니까.

바로 루루다.

녀석은 공격 마법 외에 회복 마법도 사용하는 게 가능했다. 물론 무제한 사용할 수는 없다. 1성 루루의 경우 하루에 세 번 정도가 한계였다.

다시 회복 마법을 시전하기 위해서는 여덟 시간 이상 충분한 수면을 취해주어야 한다.

회복 마법 한 번의 위력은 힐링 포션 한 병을 먹는 것과 비슷하다.

루루는 듀라란에게 회복 마법을 시전해 주었다.

듀라란은 상처가 아물자 벌떡 일어나 날 보며 헤죽헤죽 웃었다.

내 가슴 정도 오는 키에 짧고 굵은 팔다리, 온몸이 하얀 털로 뒤덮인 듀라란은 완벽한 파이터형 몬스터다.

놈은 엄청난 힘과 민첩성을 자랑한다.

그리고 녀석의 필살기, 소닉붐의 위력은 실로 어마어마하다.

던전 입구를 완전히 매장시켜 버린 것도 듀라란의 소닉붐이었다.

이 녀석의 이름을 난 설인을 지칭하는 예티라고 정했다.

외형이 전설 속 생명체인 예티와 똑 닮았기 때문이다.

이로써 총 다섯 마리의 몬스터를 펫으로 테이밍하게 됐다.

난 녀석들과 함께 던전 구석구석을 파헤치고 다녔다.

그때마다 마주치는 몬스터들은 전부 내 펫들의 먹이로 던져졌다.

물론 전리품은 내가 다 챙겼다.

"와, 다음부터는 용병을 데리고 오든가 해야지."

용병은 비욘더의 조수 역할을 하는 일반인을 말한다.

그들은 커다란 전투용 백팩을 지고 비욘더와 함께 던전에 들어와 잡다한 일들을 처리해 준다.

지금 나한테 절실히 필요한 게 바로 그 용병이었다.

몬스터들의 전리품이 하도 많아 주머니가 다 터질 지경이었다.

이제는 어디에 더 쑤셔 넣을 공간도 없었다.

하지만 곧, 그게 바보 같은 고민이었음을 깨달았다.

"맞다!"

난 당장 내 아공간으로 들어갔다.

포스가 3클래스까지 오른 덕에 아공간의 규모는 상당히 넓어졌다.

하지만 그저 넓은 땅만 덩그러니 펼쳐져 있을 뿐, 아무것도 없이 휑한 것이 허전했다.

"여기도 빨리 전처럼 꾸며놓아야 하는데."

그러려면 내가 시킨 일을 제대로 할 수 있는 몬스터들을 더 모아야 한다.

아쉬운 마음을 뒤로하고서 아공간의 바닥에다가 몬스터의 전리품을 쏟아놓고 다시 밖으로 나왔다.

내가 말도 없이 사라졌다가 다시 나타나자 펫들은 놀랐는지 우르르 다가와 몸을 비비고 안겨댔다.

난 던전을 도는 동안 흰둥이와 타조, 예티도 3성까지 업그레이드시켰다.

모든 몬스터들을 이 세 녀석의 먹이로만 밀어주었다.

흰둥이는 몸이 두 배 정도 커졌다.

촉수는 세 개로 늘어났다. 빙결 마법은 여전히 1서클 이상 사용하지 못하지만, 하얀 털을 바늘처럼 딱딱하게 만들어 사출하는 기술을 익혔다.

이제 레벨이 하나만 더 오르면 일전에 만났던 푸르푸르 퀸과 비슷한 형태가 된다.

물론, 여왕의 피가 흐르는 퀸에 비하자면 한참 약하겠지만.

타조는 3성이 되며 덩치는 두 배 이상 커졌고, 다리와 목이 길어졌다. 아울러 날개는 기존의 다섯 배 이상 자라났다. 매력적인 분홍색 깃털은 여전했다. 배에 난 하얀 솜털은 갈기처럼 길게 늘어졌다.

큰 눈도 덩달아 더 커져서 올망똘망 귀여웠다.

전체적으로 큰 날개가 달린 타조 같았다.

이 녀석, 5성이 되면 덩치가 지금의 두 배로 커지고 하늘을 날아다닌다. 사람이 탈 수도 있다. 물론 길들였을 경우의 얘기다.

나는 이 녀석을 에스테리앙 대륙에서 이동 수단으로 타고 다녔다. 생각보다 빨라서 아주 유용하게 쓰인다.

마지막으로 예티는 덩치가 처음의 세 배 이상 커졌다.

이제는 나보다 머리 세 개 정도가 더 크다.

듀라란은 등급이 올라갈 때마다 쑥쑥 자란다. 나중에 5성이 되면 덩치가 바윗덩이만 해진다.

그 외에 딱히 다른 특징은 없다.

1성이었던 듀라란을 그대로 크기만 키워놓은 것 같은 형태다.

물론 그만큼 힘도 세진다. 한데 얘가 놀라운 건, 민첩성이 줄어들지 않는다는 거다.

덩치가 커지면 동작이 둔해지는 게 당연한데, 그렇지 않다. 민첩성은 그대로다. 문제는 싸울 때만 민첩하나. 평소에는 극강의 게으름을 피운다.

난 내 뒤를 졸래졸래 따라오는 다섯 마리의 몬스터들을 보며 함박웃음을 지었다.

보기만 해도 배불러진다.

"무럭무럭 성장해라, 이놈들아."

처음에는 변종 던전에 들어와 긴장했지만, 지금은 이게 나한테 오히려 큰 행운을 가져다주었다.

변종 던전엔 여러 가지 몬스터가 있고, 그 수도 많았다.

덕분에 난 두 마리 몬스터를 새로 테이밍했고, 세 마리 몬스터의 등급을 3성까지 업그레이드시켰다.

그리고 생각지 못한 수확 하나 더.

던전 레이더에 있는 지도 기능을 알게 되었다.

던전 레이더는 던전을 탐험할 때 내가 지나간 장소를 자동으로 기억해 지도를 만든다. 그래서 길을 잃어버리지 않게 도와준다.

"매뉴얼을 확실히 숙지해 둘 걸 그랬네."

아무튼 던전 레이더와 펫들의 도움으로 던전을 빠르게 클리어해 나갔다.

전리품은 차곡차곡 쌓여갔다.

난 모든 펫을 3성까지 성장시킨 이후부터는 먹이를 몰아주지 않고, 동족을 잡아먹게 했다. 그래야 성장도가 빠르게 올라가기 때문이다.

*   *   *

다시 한 시간이 더 지났다.

여전히 3레벨 이상의 몬스터나, 또 다른 종류의 몬스터는 나타나지 않았다.

꼬맹이, 타조, 예티는 전부 4성으로 한 등급 더 업그레이드되었다.

반면 블링이와 흰둥이는 등급이 오르지 않았다.

이 던전에서 링링은 아예 그림자도 찾아볼 수 없었고, 푸르푸르는 그 수가 너무 적었기 때문이다.

"그나저나 이쯤이면 대충 끝이 보여야 하는 거 아니야?"

2레벨 던전치고 너무 넓었다.

아무래도 변종 던전이라 그런 모양이다.

"급할 건 없지."

푸르푸르 퀸처럼 강한 녀석이 나타나 몬스터 군단을 지휘하거나, 높은 등급으로 성장하면 일이 피곤해진다.

하지만 여태 그런 기색은 보이지 않았다.

던전 레이더의 지도에 의지해서 계속 더 깊은 곳으로 향했다.

언제 끝나나 싶던 던전에도 드디어 막다른 길이 나타났다.

"만세!"

나도 모르게 만세를 불렀다.

그러자 꼬맹이와 예티도 나를 따라 두 손을 번쩍 들어 올렸다.

타조는 날개를 들어 올렸다.

블링이와 흰둥이는 손이 없어서 따라 하고 싶어도 못 하는 눈치였다. 그러다 흰둥이가 털 속에서 촉수 두 개를 꺼내 높이 들었다. 이를 본 블링이가 화들짝 놀랐다.

"라라랑~"

흰둥이가 승리의 웃음을 흘렸다.

"…쓸데없는 걸로 신경전 벌이지 마, 늬들."

아무튼 이제 토벌 완료했으니 돌아가자!

지금쯤이면 막혔던 입구도 다시 뚫어놨겠지.

"돌아가자 얘들… 아?"

방금, 막다른 골목을 별생각 없이 보고 있다가 뒤돌아설 때, 분명 이질적인 무언가가 포착됐다.

난 다시 몸을 돌렸다. 그리고 이질적으로 다가왔던 부분을 다시 살폈다.

"뭐야… 저거?"

벽의 한 부분이 이상하게 일그러져 있었다.

언뜻 보면 그저 작은 구멍이 뚫려 있는 것으로 생각하고 지나칠 수도 있다. 한데 그건 분명 기이한 일그러짐이다.

동그란 구멍 안에 블랙홀처럼 검은 기운이 일렁였다. 그건 연기도 아니고 빛 무리도 아니었다. 지구에 존재하지 않아서 말로 설명할 수 없는 그런 물질이었다.

아니, 물질이라고 할 수도 없다. 그저 정의되지 않은 기운이었다.

최대한 느껴지는 대로 얘기해 보자면, 차원 자체가 일그러진 것 같았다.

백 원짜리 동전만 한 구멍에 가까이 눈을 가져갔다.

그런데.

"……!"

갑자기 구멍 너머에서 붉은색 눈동자가 나타났다.

난 헛숨을 들이켜며 머리를 뒤로 뺐다.

피를 머금은 듯 붉은 눈동자는 상하좌우로 도르륵거리며 움직였다. 그러다 나를 한참 바라보았다. 난 본의 아니게 붉은 눈과 눈싸움을 했다.

어느 순간, 구멍은 불현듯 닫혔고 붉은 눈도 사라졌다.

벽으로 가까이 다가가 구멍이 있던 부근을 만져보았다.

하지만 그냥 평범한 벽이었다.

구멍이 난 흔적 같은 건 어디에도 없었다.

방금 그거… 대체 뭐였지?

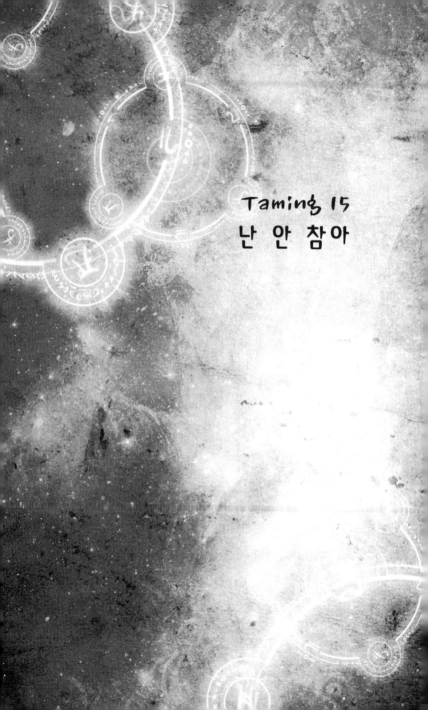

Taming 15
난 안 참아

일요일 아침.

난 내 방에서 통장에 적힌 액수를 보며 흐뭇해하고 있었다.

'32,750,000.'

3,275만 원.

기존에 벌었던 돈 660만 원에 변종 던전을 돌면서 얻은 전리품을 모두 처분하니 딱 저 금액이 되었다.

하늘을 날아갈 듯 기분이 좋았다.

"늘 쪼렙 몬스터만 나오는 변종 던전만 돌면 좋겠구나."

하지만 그런 운이 늘 따라주는 건 아니다.

사실 던전 콜이 들어올 때마다 삼 연속으로 내게 배정되었던 것도 어마어마하게 운이 좋았던 거다.

그날 이후로 주말 내내 콜이 세 번 정도 더 들어왔지만, 난 한 번도 잡지 못했다.

차서린이 은근히 일부러 막고 있는 건 아닌지 하는 의심도 들었다.

이틀 전 변종 던전을 토벌하고 나서 비욘더 길드에 돌아와 상황 보고를 올렸을 때, 차서린은 내 말을 도통 믿지 못하겠다는 의심의 눈초리부터 보냈다.

이제 그 여자가 날 의심하는 건 기본 옵션이었다.

하도 당하다 보니 익숙해질 지경이다.

나는 던전에서 가져온 몬스터들의 전리품을 우르르 쏟아버림으로써 내 얘기를 증명했다.

아, 나와 함께 비욘더 길드에 와준 3클래스 비욘더분도 증언에 힘을 보태줬다.

그 사람은 김주혁이라는 서른 후반의 아저씨로, 류시해 대신 콜을 받아 왔는데 던전 입구가 완전히 매몰되어 있어 던전에 진입할 수가 없었다.

포크레인과 수많은 인부, 그리고 군인들이 동원되어 매몰된 곳을 파냈지만, 작업의 진척은 늦어지기만 했다.

나중엔 피지컬 비욘더도 투입됐다.

류시해처럼 염력을 가진 이들도 연락을 받고 자진해서 달려와 입구를 파냈다.

그제야 작업은 빠르게 진행되었다고 한다.

하지만 이미 그때쯤엔 내가 몬스터들 다 때려잡고 돌아 나오는 중이었다.

아직 미처 다 파내지 못한 입구의 돌덩이들은 예티의 소닉 붐 한 방으로 깨끗이 날려 버렸다.

내가 던전 밖으로 나오자 공사에 달라붙은 이들과 군인들이 안도의 한숨을 내쉬었다.

사실 나도 던전 밖으로 빨리 못 나갈까 봐 조금 걱정이 되긴 했다.

던전 안에 이삼 일 갇히는 건 그다지 곤란한 일이 아니다.

그 정도 굶는다고 큰일이 생기지는 않는다.

문제는 던전의 모든 몬스터를 토벌한 경우 6시간이 흐르면 던전이 저절로 사라져 버린다는 점이었다.

아주 신기한 현상이다.

원래 그 자리에 아무것도 없었다는 듯 깔끔하게 사라진다.

더 놀라운 건 던전이 형성된 곳에 위치해 있던 상하수도 시설까지 조금의 상처 없이 원래 형태로 수복된다는 것이다.

'마법이야, 마법. 틀림없어. 과학기술로는 그런 일이 불가능해.'

던전이라는 건 분명 마법의 힘으로 만들어낸 것이다.

한데 누가 어떤 목적으로 이런 짓을 벌이는 거지? 거기에 대해선 아직도 오리무중이다.

그리고 일그러진 차원의 구멍 속에서 날 노려보던 붉은 눈의 정체가 뭔지도 궁금했다.

그 눈은 분명 어딘지 모를 저쪽 차원에서 이쪽 세상을 관찰하는 듯했다.

이 사실에 대해서도 길드에다가 보고했다.

나 혼자 그것 가지고 끙끙 앓아봤자 답이 안 나온다. 복잡한 생각으로 골머리 썩는 건 질색이다.

그래서 그런 문제는 너희들이 다 알아서 해결하라는 셈으로 전부 얘기하고 떠넘겼다.

차서린은 의외로 이런 부분의 얘기들은 큰 의심 없이 믿었다.

중요한 건 '큰' 의심 없이 믿었다는 거다.

기본적인 의심은 했다.

몬스터한테 대가리 얻어맞고 헛것 본 게 아니냐는 둥, 중2병이 낫지 않아 어깨에 힘주려고 이빨 터는 거면 내일부터 그 입으로 밥 씹지 못하게 하겠다는 둥……. 하여튼 약이 한껏 오른 암고양이 같은 여자다.

어찌 되었든 가장 중요한 건 돈이었다. 차서린은 전리품의 값어치를 정산해 내 통장에다 입금해 주었다.

난 그 돈의 일부를 힐링 포션과 해독 포션을 구입하는 데 썼다.

그러고도 남은 돈이 지금 통장에 최종적으로 찍힌 액수, 3,275만 원이다.

"이러다 부자 되는 건 금방이겠네."

똑똑.

아버지가 노크를 하고서 들어왔다.

"뭐 하냐?"

"내 통장 보고 있었죠~"

"통장 만들었어?"

"네."

"그래, 네 나이 때부터 저축하는 습관 들이면 좋지."

그리 말하면서 아버지는 통장의 액수 같은 건 관심이 없는지 살펴보지도 않고 물었다.

"배 안 고프냐? 저녁 먹자."

난 느긋하게 통장을 덮었다. 아버지에게 딱히 지금의 내 상황에 대해 숨길 생각은 없다. 이 일이 조금 더 익숙해지면 그때 가서 비욘더가 되었다고 얘기할 참이다.

"아버지, 오늘은 외식해요."

"외식? 그냥 집에서 먹지 왜? 돈 아깝게."

"저 요새 고액 알바 뛰어요. 그제 어제 벌어들인 돈이 장난이 아니에요."

"고액 알바? 그거 뭐 이상한 일 아니냐? 늘 조심해야 한다, 아진아."

"그런 거 아니에요. 조만간 말씀드릴게요. 그보다 얼른 외식하러 나가요."

"아니, 그래도 외식은 좀……."

"우리 집 근처에 엄청 맛있는 돈가스집 있는 거 알아요?"

"도, 돈가스?"

돈가스를 환장하게 좋아하시는 아버지가 눈을 크게 뜨고 입맛을 쩝쩝 다셨다.

난 그런 아버지의 손을 잡아끌었다.

"가요, 가."

"도, 돈가스… 도, 돈 아까운데… 근데 돈가슨데……. 거기가 그렇게 맛집이래?"

아버지는 못 이기는 척 따라 나왔다.

*   *   *

월요일 아침, 새벽부터 일어나 학교로 향했다.

물론 버스를 타지 않고 열심히 달렸다. 체력을 기르는 데는 생활 운동이 답이다!

확실히 3클래스가 되면서 체력이 비약적으로 늘어나 전보다 더 빨리 달려왔는데도 덜 힘들었다.

내 자리에 앉아 창가에서 흘러드는 바람을 즐기고 있는데.

"아진아~!"

신지혜가 옆자리에 와서 앉았다.

"주말 못 보냈어?"

"보통 잘 보냈냐고 물어보지 않냐?"

"남이 잘 보낸 일 들어봤자 뭐해, 재미도 없고. 못 보낸 일 듣는 게 재밌지. 그래서 못 보냈어? 무슨 나쁜 일이 있었는데?"

우와, 얘 이틀 안 봤다가 다시 보니까 또 적응 안 되려 그런
다. 그래도 일반적이지 않아서 재밌긴 하다.

"네가 기대하는 그런 일은 전혀 없었어."

"그렇구나. 아, 근데 너 오늘 조심해."

"왜?"

"방과 후에 갱 애들이 너 깔 거래. 어제 갱 단톡방에서 그
런 얘기 오고 갔었어."

"불량 서클 갱? 걔들이 날 깐다고?"

"응."

같잖아서 나도 모르게 피식 웃음이 나왔다. 얘네들이 오늘
제삿날 받으려고 작정했구나.

"이만지랑 조동호가 말하고 다녔나 봐? 나한테 언어터졌다고."

"아니. 토욜 날, 서클 집회 있었거든. 근데 애들 몰골이 말
이 아니어서 만웅이가 꼬치꼬치 캐물었어. 결국 너한테 맞았
다고 다 털어놓더라."

만웅… 황만웅!

맞다, 그 놈이 우리 학교의 짱이자 불량 서클 갱의 리더였
다.

"근데 나 하나 잡겠다고 갱이 움직여?"

"이만지랑 조동호가 얘기를 엄청 불렸지롱. 찐따한테 맞았
다 그러면 쪽팔리니까, 실력을 숨기고 있던 초절정고수한테
언어터진 것처럼 얘기했어. 아, 그런데 딱히 틀린 말도 아니네?

너 엄청 잘 치는 거 숨기고 있었잖아?"

"아무튼 오늘 방과 후라고?"

"응. 네가 잘 치는 건 알겠는데 다구리엔 장사 없어. 적당히 토껴."

"지혜야."

"왜?"

"걔들한테 못자리나 알아보라고 전해."

＊　　　＊　　　＊

1교시가 시작할 무렵 이만지와 조동호가 교실로 들어왔다.

모든 아이의 시선이 그 둘에게 향했다가 다시 내게 귀결되었다. 그 눈동자 속엔 어떠한 기대감 같은 것이 담겨 있었다.

뭔가 큰일이 나기를 바라는 듯하다.

그 심정 잘 안다.

원래 불구경이랑 싸움 구경이 제일 재밌다고 하니까.

하지만 아이들의 기대가 무색하게 이만지와 조동호는 아무런 짓도 하지 않았다.

그저 조용히 자기들 자리에 앉아, 평소처럼 그네들을 따르는 무리와 시시덕거릴 뿐이었다.

폭풍 전야 같은 고요함이 이어졌다.

2, 3, 4교시가 지나고 점심시간이 다가왔다.

딱히 같이 밥을 먹던 친구는 없었다. 아니, 이 학교에서 왕따를 당하던 내겐 친구 자체가 존재치 않았다. 그래서 혼자 급식실로 향했다.

신지혜도 점심시간에는 늘 같이 밥 먹는 패거리가 있어서, 그들과 함께였다.

급식실에 들어서니 미리 도착한 학생들로 벌써 북적였다.

삼 학년은 이미 다들 배식을 받아 식사를 하는 중이었다.

배식대까지의 줄이 길었는데, 가장 앞줄엔 좀 논다는 2학년들, 그 뒤로는 나머지 2학년들이, 맨 끝줄엔 1학년들이 서 있었다.

나도 줄에 합류해서 차례를 기다렸다.

꼬르르르륵.

뱃속에서 난리가 났다.

원래는 식탐이 없는 편이었는데 에스테리앙 대륙으로 넘어간 초반에 거지 생활을 하면서 식탐이 생겼다.

배를 곯아 사경을 몇 번 헤매보면 자연스레 없던 식탐도 생기게 마련이다.

어서 빨리 줄이 줄어들기를 기다리고 있다가 드디어 식판이 있는 곳까지 다가간 그때.

"으아~ 해장하자~!"

급식실 입구 쪽에서 기차 화통을 삶아 먹은 것 같은 우렁찬 소리가 들려왔다.

스스로의 존재감을 모두에게 알리려는 듯 과장된 너스레가 가득 담겨 있는 외침이었다.

학생들의 시선이 자연스레 한곳으로 몰렸다.

모든 이의 주목을 받게 된 목소리의 주인은 지동찬이었다. 곁에는 김태하도 함께였다.

'드디어 납셨네.'

우리 학교의 유명한 양아치이자 비욘더인 두 녀석은 줄을 서지 않고 옆으로 그냥 지나쳤다. 이어, 당연하다는 듯 줄의 맨 앞에 서 있던 학생들에게 다가갔다.

그중 밥과 반찬, 국까지 전부 푸짐하게 담은 두 학생에게 김태하가 말했다.

"너희들 식판 저기 빈자리에다가 갖다 놔."

새치기를 한 것도 모자라 다른 사람이 먹으려고 배식받은 걸 빼앗는다. 그럼 배식을 받은 사람은 다시 줄을 서야 한다.

두 학생이 김태하에게 반항할 생각도 못한 채 겁을 잔뜩 집어먹고 고개를 끄덕였다.

진짜 꼴사나워서 못 봐주겠네.

"야!"

내가 소리를 버럭 질렀다.

그에 김태하와 지동찬은 물론이고 다른 학생들까지 동시에 날 쳐다봤다.

"너희들 그러게 왜 밥을 많이 펐어? 적당히 펐어야지. 저 양아치 새끼들 남이 차려놓은 밥상에 숟가락만 얹는 놈들이라는 거 몰라? 너희들이 잘못했네. 요즘 세상에 눈치 없으면 살아남기 힘들다."

내 말에 김태하는 미간을 살짝 찌푸렸다. 반면 지동찬은 귀신이라도 본 듯 눈을 크게 떴다.

"어? 어… 너, 너 찐따!"

저렇게 크게 놀라면 나도 응당 놀라줘야지.

"어? 너, 너 양아치!"

"이익! 뭐? 인마? 아니 그보다 너, 어, 어떻게!"

"너, 너도 어떻게! 어떻게 그리 질서 없이 생겼냐? 우와 진짜 살벌하다. 얼굴이 신호등 없는 사거리다."

"크윽……!"

지동찬의 입이 턱 막혔다.

김태하는 당시 민간인이었던 날, 던전의 입구로 던져 버렸다. 그것도 3층 건물 옥상에서. 그건 죽으라고 한 짓이었다. 내가 그대로 죽어버렸으면 살인이다.

김태하는 자신이 무슨 짓을 하는지 잘 알고 있었다. 나이가 18인데 그걸 모를 리가 없다. 그럼에도 웃으면서 날 떨어뜨렸다. 사람 몇 죽는 것쯤 녀석에겐 큰 의미가 없는 것이다.

김태하의 인성이 어떻든, 그게 중요하진 않다.

중요한 건 법적으로 김태하는 살인을 저지르려 했고, 지동찬은 곁에서 이를 방관했다.

살인방조죄가 된다.

게다가 비욘더들이 일반인 한 명을 상대로 그런 짓을 저질렀다.

김태하는 살인미수, 지동찬은 살인방조죄에다, 비욘더법이 적용되어 가중처벌받는 것은 물론, 비욘더 자격까지 박탈당한다.

물론, 그들의 잘못이 드러났을 때의 얘기다.

당시 학교에는 이 상황을 목격한 사람이 아무도 없었다.

던전이 열리기 사흘 전부터 폐쇄되었기 때문이다.

그런데 나 역시 놈들이 법의 심판을 받는 건 원하지 않는다. 이 개자식들을 벌주는 건 나여야만 한다.

아무튼 지동찬은 그날 밤 나와 있었던 일에 대해 발설할 수가 없는 입장이다.

입 한번 잘못 놀리는 순간 스스로 범죄자임을 자백하는 꼴밖에 되지 않는다.

그러니 닥치고 있어야겠지.

김태하가 날 가만히 바라보다가 뒤틀린 미소를 머금었다.

"너 어떻게 멀쩡하냐?"

"……!"

그 말에 지동찬이 놀라서 김태하를 쳐다봤다.

"태, 태하야."

그가 지동찬의 어깨를 슬며시 잡아당겼다. 하지만 김태하는 그를 옆으로 살짝 밀어냈다. 건들지 말라는 뜻이다. 저렇게 나오면 지동찬도 김태하를 어찌할 수가 없다.

말이 좋아 짝패고, 단짝 친구지 실상은 쫄다구니까.

"얘기 좀 하자. 어떻게 두 발로 멀쩡히 걸어 다니는지? 얘기

끝나고 나면 평생 휠체어 신세 지게 해줄게, 새끼야. 방금 좆나 까불더라? 어디 개 찐따 새끼가 주제도 모르고 방방 뛰어? 죽다 살아나니까 세상이 다 좆밥으로 보여?"

열심히 주둥이를 터는 김태하에게 들고 있던 식판을 냅다 던졌다. 김태하는 흠칫하더니 몸을 틀었고 식판은 땅에 부딪혀 찌그러졌다.

까앙!

"아, 미안. 미끄러졌다."

난 방긋 웃으며 사과했다.

김태하의 이마에 힘줄이 툭 불거지는 게 보이는 것 같다.

녀석의 미소가 전보다 더 일그러졌다. 완전히 눈 돌아가기 직전이었다.

좋아, 와라.

먼저 몇 대 시원하게 맞아준 다음 딱 한 대만 때려줄 테니.

녀석은 2클래스 피지컬 비욘더고, 나는 3클래스 센서블 비욘더다.

클래스는 내가 하나 더 높지만 육체적인 능력은 조금 못 미친다.

아무리 클래스가 높다고 한들, 육체 발달에 몰빵을 하는 피지컬 비욘더를 센서블 비욘더가 따라갈 순 없었다.

하지만 부족한 부분은 바르반에게 배웠던 무술로 커버할 수 있다.

나는 사람의 급소에 대해 너무나 잘 알고 있고, 어디를 어떻게 때리면 일격에 기절하는지도 그대로 기억한다.

난 제발 김태하가 날 건드려 주길 바랐다.

이 자리에서 일격에 기절하면 두 번 다시 얼굴 들고 학교 못 다닐 테니까.

쪽이란 쪽은 아주 다 팔게 해주마.

내가 마음을 단단히 먹고 김태하를 더 도발하려 할 때였다.

"태하야."

김태하와 비슷한 체격을 가진 녀석이 다가와 그를 불렀다.

스포츠머리에 두꺼운 눈두덩이가 유독 도드라져 보이는 얼굴, 금육을 몸매, 선팅을 한 듯 거무튀튀한 피부.

우리 학교 짱 황만웅이었다.

김태하가 내게 다가오려다 말고 황만웅을 바라봤다.

황만웅의 뒤엔 똘마니 둘이 식판을 들고 서 있었다.

"얘들 아직 밥에 손 안 댔어. 이거 먹어."

"…뭐 하는 거냐?"

"아, 오해하지 말고. 안 그래도 오늘 학교 끝나고 우리가……."

황만웅은 말하다 말고 주변을 의식하더니 김태하의 귀에 귓속말을 했다.

그러자 김태하가 만족스러운 얼굴로 고개를 끄덕였다.

"그래, 만웅아. 역시 너는 짱으로서의 자세가 됐어. 그럼 알아서 처리 잘하고, 마무리하기 전에 나 불러라."

"걱정 마."

김태하는 황만웅의 어깨를 두드려 주고 똘마니에게 식판을 받아 갔다. 지동찬도 이해할 수 없다는 시선을 내게 던지며 김태하를 따라갔다.

황만웅이 날 노려보며 가까이 다가왔다.

"너지? 2반에서 찐따인 척 같잖은 연기 하다가 우리 서클 애들 아작 낸 겁 없는 새끼가."

"설명이 좀 장황하긴 한데, 내가 맞는 것 같다."

"방과 후에 옥상으로 와라."

"정말로 가?"

"뭐?"

"내가 정말로 갔으면 하냐고."

"장난하냐?"

"아니, 장난 아니거든. 너희들 후회하기 전에 마지막으로 한 번 더 물을게. 정말 내가 옥상으로 갔으면 하냐?"

"까불지 말고 와라."

황만웅이 눈을 부라렸고, 나도 모르게 씩 웃었다.

만웅아, 내가 언젠가부터 좀 성격이 안 좋아졌거든. 예전에 는 너무 참아서 문제였는데 지금은 그 반대여서 문제야.

"난 분명히 경고했다. 후회하지 마라. 성질 건드리면 난 안 참아."

『미라클 테이머』 2권에 계속…

• Illustrator : 서진성 •

초대형 24시 만화방

신간 100%, 샤워실, 흡연실, 수면실(침대석), 커플석, 세탁기 완비

▪ 강북 노원역점 ▪

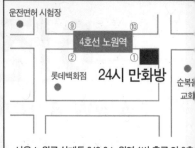

운전면허 시험장

⑨ 4호선 노원역 ⑩

② ①

롯데백화점　24시 만화방

순복음
교회

서울 노원구 상계동 340-6 노원역 1번 출구 앞 3층
02) 951-8324 (화용빌딩 3층)

▪ 일산 정발산역점 ▪

경찰서　　정발산역

제2 공영주차장　롯데백화점

24시 만화방

E C A
라페스타
F D B

라페스타 E동 건너편 먹자골목 내 객잔건물 5층
031) 914-1957

▪ 일산 화정역점 ▪

덕양구청

③ ④
화정역
② ①

세이브존

롯데마트　　이마트

24시 만화방　화정중앙공원　화정동 성당

경기도 고양시 덕양구 화정동 984번지 서일빌딩 7층
031) 979-4874 (서일사우나 건물 7층)

▪ 부천 역곡역점 ▪

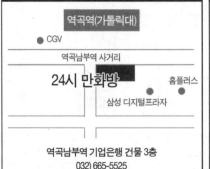

역곡역(가톨릭대)

● CGV

역곡남부역 사거리

24시 만화방　　　홈플러스

삼성 디지털프라자

역곡남부역 기업은행 건물 3층
032) 665-5525

▪ 부평역점 ▪

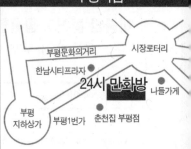

부평문화의거리　시장로터리

한남시티프라자

24시 만화방　나들가게

부평
지하상가　부평1번가　춘천집 부평점

(구) 진선미 예식장 뒤 보스나이트 건물 10층
032) 522-2871

박선우 장편소설
FUSION FANTASTIC STORY

멋진 Wonderful 인생 Life

태어나며 손에 쥔 것이라고는 가난뿐.

그러나 내게는 온몸을 불사를 열정과
목숨처럼 소중한 사랑이 있었다.

『멋진 인생』

모두가 우러러보는 최고의 직장이자 가장 치열한 전쟁터
천하그룹!

승진에 삶을 바친 야수들의 세계에서 우뚝 서게 되는
박강호의 치열하지만 낭만적인 이야기!

Book Publishing CHUNGEORAM